SINNLICHE KLÄNGE

EINE ROCKSTAR MÉNAGE

JESSICA FOX

INHALT

Melde Dich an, um kostenlose Bücher zu erhalten   vii

1. Kapitel Eins   1
2. Kapitel Zwei   6
3. Kapitel Drei   11
4. Kapitel Vier   16
5. Kapitel Fünf   21
6. Kapitel Sechs   27
7. Kapitel Sieben   32
8. Kapitel Acht   37
9. Kapitel Neun   43
10. Kapitel Zehn   49
11. Kapitel Elf   54
12. Kapitel Zwölf   60
13. Kapitel Dreizehn   65
14. Kapitel Vierzehn   72
15. Kapitel Fünfzehn   77
16. Kapitel Sechzehn   85
17. Kapitel Siebzehn   91
18. Kapitel Achtzehn   98
19. Kapitel Neunzehn   103
20. Kapitel Zwanzig   108
21. Kapitel Einundzwanzig   113
22. Kapitel Zweiundzwanzig   119
23. Kapitel Dreiundzwanzig   124
24. Kapitel Vierundzwanzig   130
25. Kapitel Fünfundzwanzig   135
26. Kapitel Sechsundzwanzig   141
27. Kapitel Siebenundzwanzig   147
28. Kapitel Achtundzwanzig   152
29. Kapitel Neunundzwanzig   158
30. Kapitel Dreißig   162

Veröffentlicht in Deutschland:

Von: Jessica Fox

© Copyright 2020 – Jessica Fox

ISBN: 978-1-64808-152-1

ALLE RECHTE VORBEHALTEN. Kein Teil dieser Publikation darf ohne der ausdrücklichen schriftlichen, datierten und unterzeichneten Genehmigung des Autors in irgendeiner Form, elektronisch oder mechanisch, einschließlich Fotokopien, Aufzeichnungen oder durch Informationsspeicherungen oder Wiederherstellungssysteme reproduziert oder übertragen werden. storage or retrieval system without express written, dated and signed permission from the author

Table of Contents

❀ Erstellt mit Vellum

MELDE DICH AN, UM KOSTENLOSE BÜCHER ZU ERHALTEN

Möchtest Du gern Eifersucht und andere Liebesromane kostenlos lesen?

Tragen Sie sich für den Jessica Fox Newsletter ein und erhalten Sie ein KOSTENLOSES Buch exklusiv für Abonnenten indem Du diesen Link in deinem Browser eingibst:

https://www.steamyromance.info/kostenlose-b%C3%BCcher-und-h%C3%B6rb%C3%BCcher/

Eifersucht: Ein Milliardär Bad Boy Liebesroman

Neue Liebe entsteht, aber auch eine Eifersucht, die sie zu zerstören droht.
   Ich habe meine winzige Heimatstadt und ihre Einschränkungen hinter mir gelassen. Dann erschien ein bekanntes Gesicht in der Bar, in der ich arbeite, und brachte mich wieder dorthin zurück, wo ich angefangen hatte …

https://www.steamyromance.info/kostenlose-b%C3%BCcher-und-h%C3%B6rb%C3%BCcher/

Du erhältst ebenso KOSTENLOSE Romanzen-Hörbücher, wenn Du Dich anmeldest

1

KAPITEL EINS

Tommy

„Hör zu, Joe. Ich weiß, dass du aufgeregt bist, aber wir sind gerade erst zurück. Warum gibst du uns nicht ein paar Tage, bevor wir unsere Sachen packen und uns wieder auf den Weg machen?" Ich versuche, ungezwungen zu klingen, hoffe aber, dass er weiß, wie ernst es mir ist. Im Moment möchte ich wirklich keine weitere Europa-Tour starten, und ich fühle, dass er uns genau das vorschlagen will.

„Ich weiß, aber denk doch mal nach, Tommy. Ihr Jungs seid gerade ganz oben. Ausverkaufte Stadien, in jeder Stadt neue Fans und hatte ich schon erwähnt, dass man so die Verkaufszahlen der vergangenen Alben steigern kann?"

Ich winde mich, denn ich weiß, dass er Recht hat. Das ist das erste Projekt, das dieses Maß an Erfolg erreicht hat. Und je mehr wir es in die Öffentlichkeit tragen, desto wahrscheinlicher ist es, dass unsere anderen Arbeiten auch ans Tageslicht gelangen.

„Aber du musst den Kostenfaktor berücksichtigen – die Transport- und Hotelkosten, nicht zu vergessen den ganzen anderen Kram, an den ich gerade gar nicht denken will", antworte ich. Durchs Telefon höre ich ein entnervtes Seufzen und dennoch höre ich auch ein Lächeln in seiner Stimme. Ich vermute, er will seinen Charme spielen lassen.

„Profit mein Freund. Profit. Du vergisst das große Ganze, betrachte mal das Gesamtbild. Kannst du dir vorstellen, was für ein Profit auf euch wartet, wenn ihr Jungs euch nur für ein paar Monate zusammenreißen könnt und dem Publikum gebt, was es will? Ihr wollt doch kein One-Hit-Wonder sein." Bei dieser Andeutung spüre ich die wachsende Anspannung in meiner Brust.

Klar, es war nicht ganz einfach für uns, den Fuß in die Tür zu bekommen, aber das heißt doch nicht, dass unser letzter Hit auch unser einziger sein wird. Unser Sound ist gut. Unsere Texte sind gut. Unsere Rhythmen sind exzellent. Niemand stuft diesen Song geringer als großartig ein.

„Wir müssen auch mal schlafen, Joe." Ich versuche eine andere Taktik. Bevor er die Chance hat zu antworten, erreicht mich ein zweiter Anruf, und ich schaue aufs Display. Die Nummer sagt mir nichts, hat aber etwas Vertrautes an sich. Mein erster Impuls ist, den Anruf zu ignorieren und mein Gespräch mit Joe fortzusetzen, doch irgendetwas zwingt mich förmlich, den Anruf anzunehmen.

„Hallo?", antworte ich und lege Joe in die Warteschleife.

„Ja, kann ich bitte mit Mr. Bridges sprechen?" Die Stimme am anderen Ende der Leitung klingt sehr professionell. Ich wundere mich, woher sie meinen Namen kennt, bin aber weiterhin absolut ahnungslos.

„Ja, hier spricht Tommy Bridges. Kann ich Ihnen helfen?" Ich beginne zu vermuten, dass sie eine von diesen Telefonverkäuferinnen ist und will sie schon abwimmeln.

„Hier spricht Cindy Davis vom Hope Krankenhaus und Zentrum für Psychiatrie. Wie geht es Ihnen heute?", fragt sie mich.

„Gut, danke." Ich fasse meine Antwort kurz und freundlich.

„Ich rufe wegen Ihres Vaters an. Der Krebs befindet sich zwar weiter im dritten Stadium, aber leider haben sich erneut Metastasen gebildet. Er liegt nun im Krankenhaus." Ich fühle einen Stich in meiner Magengegend und mir rutscht das Herz in die Hose.

„Was zur Hölle ist los? Liegt er im Sterben?", frage ich plötzlich. Ich habe nicht länger das Bedürfnis, nett zu sein. Obwohl meine Brüder und ich seit Jahren kein gutes Verhältnis zu meinem Vater haben, sorgt der Gedanke, dass er stirbt, bei mir für Unruhe.

„Ich kann Ihnen am Telefon leider nicht mehr sagen, aber er hat darum gebeten, dass ich Sie anrufe, um Ihnen zu sagen, dass er Sie gerne so schnell wie möglich besuchen möchte." Sie spricht mit leiser, freundlicher Stimme, und ich weiß, dass sie es wahrscheinlich so gelernt hat. Innerlich fluche ich erneut.

„Besuchen? Was zum Teufel meint er damit? Es hört sich so an, als ob er in nächster Zeit nirgendwo hingeht", keife ich zurück.

„Ich denke er meint, dass Sie hierher kommen. Er möchte Sie und alle Ihre Brüder sehen. Bisher waren Sie der Einzige, den ich erreichen konnte." Ihre Stimme klingt nun etwas anklagend, doch das ignoriere ich.

„Wir leben einen etwas unkonventionellen Lebensstil, daher müssen wir aufpassen, welche Informationen an die Öffentlichkeit gelangen." Ich will ihr nicht sagen, dass es noch einen anderen Grund dafür gibt, dass meine Brüder ihre Nummern geändert haben, nämlich den, dass sie nicht mehr mit unserem Vater sprechen wollen. „Richtig." Sie zieht das Wort länger als nötig, und mir ist klar, dass sie meine Lüge durchschaut hat.

„Jedenfalls danke, dass sie mich informiert haben. Ich werde dafür sorgen, dass meine Brüder diese Information erhalten, und wir werden uns melden", lüge ich. Ich bin mir im Moment nicht ganz sicher, ob ich überhaupt etwas sagen werde. Was gibt es denn zu sagen? Dass unser Vater noch immer gegen den Krebs kämpft und vermutlich bald sterben wird?

Das wissen wir schon seit Jahren. Die Prognose hat während der gesamten Zeit nichts verändert.

„Ich würde Ihnen empfehlen, dass zeitnah zu tun", antwortet sie. Ich gebe ihr keine Zeit, mich weiter zu belehren, bedanke mich noch einmal bei ihr und lege auf. Als ich Joe wieder in die Leitung hole, spüre ich die Schuldgefühle, die sich langsam in mir ausbreiten.

„Ich dachte schon, ich hätte dich verloren", scherzt Joe, nachdem ich unser Gespräch wieder aufgenommen habe.

„Es ging um meinen Vater. Ich schätze, es geht ihm nicht besonders", sage ich, und meine Stimme klingt etwas geistesabwesender, als mir lieb ist.

„Oh Scheiße, tut mir leid, das zu hören. Liegt er im Sterben?" fragt Joe. Mit der Zeit ist Joe der Situation gegenüber genauso abgestumpft, wie der Rest von uns.

„Ich bin mir nicht ganz sicher, wie schlimm es ist. Er will uns sehen", erkläre ich, während meine Gedanken noch immer um andere Dinge kreisen.

„Werdet ihr gehen?", fragt Joe sofort.

„Ich meine, sollten wir nicht? Er ist immer noch unser verdammter Vater. Ich glaube, wir würden es bereuen, ihn nicht noch einmal gesehen zu haben, bevor er den Löffel abgibt", antworte ich wütend. Ich weiß auch nicht, warum mir das so nahe geht, aber ich will nicht darüber reden.

„Nun, warum setzen wir es nicht auf den Terminkalender?", schlägt Joe vor.

„Was zur Hölle meinst du?", frage ich.

„Ich meine, lass uns in den Staaten auf Tour gehen, anstatt in Europa. Ich wette, ihr erregt einiges an Aufmerksamkeit, wenn ihr nach Hause kommt. So groß ist die Stadt ja nicht, und das kurbelt die Verkaufszahlen hoffentlich an. Und ganz nebenbei könnt ihr den Besuch bei eurem Vater erledigen." Ich höre schon, wie er die Tour plant und seufze.

Ich weiß, dass er Recht hat, und die Art, wie er es präsentiert, macht es mir noch schwerer, seinen Vorschlag abzulehnen. Die Wahrheit ist, es wäre ein großartiger Weg das Album zu promoten und gleichzeitig unseren Vater zu sehen.

Soweit ich weiß, könnte es das letzte Mal sein.

„Bist du noch da?" Joes Stimme erklingt durch den Hörer, und ich realisiere, dass ich eine ganze Zeit geschwiegen habe.

„Ja. Hör zu. Du kümmerst dich wie immer um die Details. Ich sage den Jungs Bescheid. Sie müssen so früh wie möglich vorgewarnt werden." Joe lacht, obwohl ich das durchaus ernst meine. Dann lege ich auf.

Seufzend lasse ich mich auf einen Stuhl fallen und lege mir die Hand auf die Augen. Es ist Jahre her, dass wir zuhause waren, und ebenso lange, dass einer von uns Kontakt zu unserem Vater hatte.

Ungeachtet der Umstände würde das keine angenehme Reise werden. Soweit es mich betrifft, je früher wir diese Reise hinter uns haben, desto besser.

Plötzlich wünsche ich mir, wir hätten uns doch für Europa entschieden.

2
KAPITEL ZWEI

Nikki

„Warum lässt du es nicht etwas ruhiger angehen und gönnst dir heute Abend etwas? Du weißt schon, ausgehen und irgendwas unternehmen. Mit deinen Freunden abhängen. Ich bin überrascht, dass du noch keine Verabredung hast." Ich weiß, dass Mr. Harvey nur nett sein will, doch ich hasse diese Bemerkung, auch wenn sie von ihm kommt. Ich lächle.

„Ich weiß nicht. Ich war nie der Beziehungstyp. Und ich weiß nicht, ob ausgehen eine gute Idee ist. Ich denke, es wäre vielleicht besser, wenn ich etwas länger bleibe und sehe, wie es Mr. Bridges geht." Ich blicke über meine Schulter den Flur entlang, doch Mr. Harvey legt mir seine Hand auf den Arm und schaut mich mitleidig an. Er seufzt.

„Pass auf, Nikki. Ich weiß, dass es nicht leicht für dich ist, aber du musst mir hier vertrauen. Bei diesem Job kannst du es dir nicht erlauben, dir die Probleme aller anderen aufzuladen.

Dein Job ist es, hier zu sitzen, zuzuhören und Ratschläge zu geben. Am Ende des Tages gehst du dann nach Hause und genießt deinen Feierabend." Er versucht zu lächeln, doch ich schüttle mit dem Kopf und ignoriere ihn.

Mr. Harvey ist ein guter Freund, ein Mentor und mein Chef, seit ich hier im Hope Krankenhaus und Zentrum für Psychiatrie angefangen habe. Und ich weiß, dass er Recht hat. Er läuft diese Flure schon länger entlang, als ich überhaupt auf der Welt bin. Er hat nicht nur die Zeugnisse, er hat auch die Erfahrung zu wissen, wovon er spricht. Und keine Widerrede wird daran etwas ändern.

Aber ich kann nicht anders.

Seit ich ein junges Mädchen war, hatte ich immer ein Herz für andere. Das ist einer der Gründe, warum ich Therapeutin geworden bin und warum ich mich für die Arbeit in genau dieser Klinik entschieden habe. Diese Klinik ist spezialisiert auf Patienten mit ernsten Angststörungen und Depressionen. An diesem Ort landen die Menschen, die gegen Drogenmissbrauch kämpfen. An diesem Ort kann ich ihnen wirklich helfen.

Und seit kurzem hat es mir Mr. Bridges besonders angetan.

Wenn ich ehrlich bin, gibt es dafür mehr als nur einen Grund. Er ist nicht nur ein freundlicher älterer Herr, der sehr einsam ist, er ist zudem der Vater von fünf Jungs, in die ich immer verknallt war.

Nun, sie waren mal Jungs. Mittlerweile sind es erwachsene Männer, jeder von ihnen hat eine solide Rock'n'Roll Karriere gemacht. Sie haben ihre Band während der High-School gegründet und obwohl nicht viele von uns Gleichaltrigen daran geglaubt haben, dass sie es weit bringen würden, spielen sie nun in ausverkauften Stadien überall auf der Welt und haben ein Album herausgebracht, das kurz davor steht Platin zu erreichen.

Zumindest habe ich das gehört.

„Nun, wenn du diese Entscheidung nicht für dich treffen

willst, werde ich das für dich tun. Du hast heute schon genug Stunden gearbeitet, Nik. Geh nach Hause, und ich sehe dich morgen wieder." Mr. Harvey lenkt meine Aufmerksamkeit wieder auf das Hier und Jetzt, und ich lächle ihn trostlos an.

Ich will länger bleiben und mich mit Mr. Bridges unterhalten. Er ist zwar offiziell kein Patient von mir, von wegen Interessenskonflikt und so, trotzdem schaue ich ab und zu gerne nach ihm. Heute möchte ich ihm zuhören, wenn er von seinen Jungs erzählt und wie sehr er hofft, dass sie ihn besuchen werden.

Ich will nicht in meine einsame Wohnung gehen.

Aber Mr. Harvey ist mein Chef, und ich habe ich keine Wahl. Wenn er mir etwas sagt, muss ich es machen oder ich riskiere eine Abmahnung. Ich bin mir zwar sicher, dass er das so kurz vor meinem Abschluss nicht tun würde, da es in meinem Lebenslauf schlecht aussehen würde. Aber dennoch, ich will ihn nicht herausfordern. Er wartet nicht auf meine Antwort, dreht sich um und geht in Richtung der hinteren Zimmer. Während ich ihm nachsehe, öffne ich die oberen Knöpfe meiner Arbeitskleidung und versuche zu entscheiden, was ich mit meinem Abend anfangen soll. Wenn ich schon nach Hause muss, kann ich auch unterwegs noch irgendwo anhalten und mir etwas Leckeres besorgen. Es ist immerhin Freitag und wenn ich den Abend schon alleine auf der Couch mit Netflix verbringe, dann gönne ich mir dabei wenigstens einen Becher Eis.

„Und schließlich zu *guter Letzt werden Lack of a Lover nächste Woche in der Stadt auftreten!"*, verkündet die Stimme im Radio voller Enthusiasmus.

Ich blicke ungläubig auf mein Autoradio. Lack of a Lover ist die Band der Bridges-Jungs. Ich weiß, dass die Klinik versucht hat, sie zu erreichen, um sie wissen zu lassen, dass ihr Vater sie sehen möchte. Doch ich hatte noch nichts Neues gehört, und ich frage mich, ob die Klinik Erfolg hatte.

"Was du nicht sagst! Das sind unsere Jungs! An diese Show wird man sich noch lange erinnern!", antwortet die zweite Radio-Stimme.

Ich verdrehe die Augen. Kleinstadt-Radio-DJs sind nie sonderlich gut darin, Lokalnachrichten zu verkünden, und diese zwei Typen – mit denen ich zur High-School gegangen bin – erfüllen diesen Standard perfekt.

Auf dem Parkplatz des Supermarkts stelle ich den Motor ab, lasse aber Licht und Radio noch an. Eigentlich will ich mir mein Eis besorgen, bevor der übliche Feierabend-Rummel im Supermarkt losgeht, doch ich muss mir die Meldung bis zum Ende anhören. Ich habe seit Jahren nicht mehr an die Bridges gedacht, und dann habe ich in dieser Woche ihren Vater wiedergetroffen und mehr über die Jungs geredet, als ich jemals erwartet hätte.

Ich werde rot, als ich daran denke, wie verknallt ich in jeden von ihnen war. Diese Familie war definitiv mit guten Genen gesegnet, und jeder einzelne der Jungs hatte seinen ganz besonderen Charme. Es gab Zeiten, da war ich sogar gleichzeitig in mehr als nur einen von ihnen verknallt. Das machte es nur noch schwerer, im gleichen Raum mit ihnen zu sein.

Doch während der High-School war ich merkwürdig und unscheinbar – sicher nicht die Art Mädchen, für das die älteren Brüder auch nur einen Blick übrig hatten. Das macht mich bis heute etwas wütend, doch ein anderer Teil von mir freut sich darauf, sie wiederzusehen. Trotz des Anflugs von Peinlichkeit, den ich vielleicht verspüren werde, wenn ich meinen unerwiderten Pubertäts-Schwärmereien wieder gegenüberstehe.

Vielleicht nehmen sie sich die Zeit und besuchen ihren Vater, wenn sie in der Stadt sind. Das würde sein Leben etwas erträglicher machen, verglichen damit, wie es momentan ist. Und der Gedanke daran lässt mein Herz schneller schlagen.

„Tickets sind ab sofort über unsere Webseite erhältlich oder hier im Studio. Ich würde nicht warten – die werden schnell ausverkauft sein!", ertönt die erste Stimme wieder übers Radio.

„Das wird verdammt nochmal auch Zeit", murmle ich vor mich hin, während ich mir mein Telefon schnappe. Endlich habe ich die Information bekommen, die ich hören wollte. Ich habe meine Entscheidung getroffen und kaufe mir ein Ticket für die Show. Sie sind mit dem Alter bestimmt besser geworden. Schließlich kann ich mir nicht vorstellen, dass sie um die Welt reisen würden, wenn es nicht so wäre.

Lächelnd packe ich mein Telefon wieder in die Handtasche. Plötzlich kommt mir mein Abend gar nicht mehr so öde vor. Das Konzert findet in ein paar Tagen statt; früh genug für mich, um jetzt schon aufgeregt zu sein.

Tatsächlich betrachte ich dieses Eis beinahe als Festessen.

Beinahe.

3

KAPITEL DREI

James

„Ich weiß nicht, vielleicht wäre das nicht passiert, wenn du deine beschissene Nummer geändert hättest? Du weißt, dass ich nichts mit ihm zu tun haben will, und die anderen auch nicht!" Ich schüttle wütend den Kopf und wundere mich, dass Tommy die Dreistigkeit besitzt, so einen Vorschlag zu machen.

„Pass auf James. Ich weiß, dass du wütend bist. Das war ich anfangs auch. Aber wir reden hier über Dad. Ihm bleibt vielleicht nicht mehr viel Zeit, und ich möchte nicht daran denken, wie wir uns wohl fühlen werden, wenn wir die Chance nicht nutzen, ihn noch einmal zu sehen." Tommy sieht mich mit diesem bestimmten Blick an. Den Blick den er uns als Kinder immer gab, wenn er sich wie der Vater verhielt, der unser Vater nie war.

„Zumindest ist es nur fair, alle darüber zu informieren. Wir werden sowieso in der Gegend sein; wenn sie ihn sehen wollen, können sie ihn sehen. Wenn nicht, dann nicht. Es liegt an ihnen." Tommy schaut zur Seite, während er redet, und ich schüttle mit dem Kopf. Ich weiß, dass er Recht hat. Ich wäre auch verdammt sauer, hätte er diese Nachricht bekommen und mir nichts gesagt. Vielleicht sogar noch wütender, als ich es jetzt bin.

„Dir ist schon klar, dass wir nur in dieser Gegend sind, weil du und Joe beschlossen haben, dass wir durch die USA touren. Das Letzte, was ich gehört habe, war, dass wir noch eine Runde durch Europa drehen werden." Ich verschränke meine Arme und blicke ihn an. Er mag ja die meisten Trips zusammen mit Joe planen, aber ich weiß schon, was los ist – wahrscheinlich besser, als er glaubt.

„Nochmal: das ist vielleicht unsere letzte Chance. Ich weiß nicht, wie schlecht es Dad geht. Die Tussi, die mich angerufen hat, konnte nicht sagen, wie viel Zeit ihm noch bleibt, nur dass der Krebs gestreut hat und sie das Gefühl hat, wir sollten ihn früher statt später besuchen." Tommy zündet sich eine Zigarette an, und ich spüre, dass ihn diese Unterhaltung aufwühlt. Es ist mir scheiß egal. Ich bin bereits aufgewühlt, und soweit es mich betrifft, kann er das auch sein.

„James, ich weiß, dass du sauer bist wegen dem, was Dad uns angetan hat. Das sind wir alle. Aber ich weiß auch, dass du ihm nicht die ganze Schuld gibst. Wir hatten eine beschissene Kindheit, aber das haben tausende andere Kinder auch. Wir können das hinter uns lassen und ihn noch einmal sehen, oder nicht? Außerdem, willst du nicht jedem aufs Brot schmieren, wie weit wir es gebracht haben?" Er grinst, und ich kann nicht anders, als es ihm gleichzutun.

Es ist wahr. Wir wurden oft genug gehänselt während der High-School. Nicht nur während der High-School, auch während der Junior High und eigentlich seit ich denken kann. Das ist einer der Gründe, warum ich heute so wütend auf meinen Vater bin. Ich erinnere mich daran, dass ich immer wieder zu ihm ging und ihm erzählt habe, dass die Kinder in der Schule gemein zu uns waren.

Seine Antwort war immer dieselbe.

Wenn du es in der wirklichen Welt zu etwas bringen willst, dann lässt du dir besser ein Paar Eier wachsen und sagst diesen Rüpeln, dass sie sich verpissen sollen.

An und für sich ein guter Rat, nur haben wir nicht gesehen, dass unser Vater Eier hatte. Tatsächlich können wir uns noch lebhaft daran erinnern, dass er sich an einem Dienstagabend bis zur Besinnungslosigkeit besoffen hat, nur weil er noch eine Flasche Whiskey im Kühlschrank hatte.

Nach dem Tod unserer Mutter – wir waren damals noch sehr jung – wollte er seine Probleme mit Alkohol lösen. Davon ist er nicht mehr losgekommen. Dieses Problem hat im Laufe nur zu immer stärkeren Spannungen geführt und als er die Diagnose Leberkrebs bekam, hatte keiner meiner Brüder noch groß Kontakt zu ihm.

Für ihn waren wir natürlich undankbar, und nur deshalb wollten wir seiner Meinung nach nichts mehr mit ihm zu tun haben. Aber Fakt bleibt, dass es weniger mit uns als mit ihm zu tun hatte. Es lag vor allem daran, dass er nicht für uns da war, als wir ihn brauchten.

Das löst in mir sicherlich nicht das Gefühl aus, jetzt für ihn da sein zu wollen. Und andererseits kann ich die Tatsache nicht ignorieren, dass Tommy für mich wie ein zweiter Vater war – für uns alle –, und er hatte nicht ganz Unrecht. Er wollte Dad genauso wenig sehen, wie der Rest von uns, doch er will auch nicht, dass wir es den Rest unseres Lebens bereuen müssen, das nicht hinter uns gelassen zu haben.

Es ist eine beschissene Situation und während ich mir wünsche, sie würde einfach verschwinden, weiß ich auch, dass das nicht passieren wird.

Außerdem habe ich den leisen Verdacht, dass Tanner dafür sein wird, nach Hause zu fahren. Mitten im nirgendwo, Ohio— oder Clayton, Ohio, wie viele es lieber nennen – ist nicht nur unsere Heimatstadt. Sie ist auch die Heimatstadt von Tanners Tochter.

Nun würde keiner von uns seine Tochter als Fehler bezeichnen. Die kleine Arya ist mit Abstand das Beste, was uns allen passieren konnte, Onkel oder nicht. Dennoch kann man ruhig sagen, dass das kleine Mädchen keinesfalls geplant war und auch wenn Tanner so gut wie gar keinen Kontakt zur Mutter der Kleinen hat, wird er sicherlich die Möglichkeit ergreifen wollen, Arya wiederzusehen.

Das kann ich ihm auch nicht übel nehmen. Sie haben kein geteiltes Sorgerecht, und er ist auf Besuche beschränkt. Ich schätze, das ist zu erwarten, bei dem Leben, das wir führen. Dennoch frage ich mich manchmal, ob er seinen Lebensstil für ein Leben mit seiner Tochter ändern würde. Da ich selbst keine Kinder habe, kann ich mir nicht vorstellen, wie er sich in dieser Situation fühlt, ich kann höchstens spekulieren.

„Wann sagst du es den anderen?", frage ich und versuche den praktischen Teil der Situation in den Vordergrund zu rücken. Tommy hat seine Zigarette beinahe aufgeraucht und nimmt noch einen langen Zug, bevor er mir antwortet: „Ich habe den anderen bereits getextet. Du bist der Einzige, der sich die Mühe gemacht hat, zu antworten." Seine Worte sorgen für einen merkwürdigen Moment, und ich frage mich, wie der Rest meiner Brüder die Nachricht aufnimmt. Ich kann mir vorstellen, dass sie alle auf die eine oder andere Weise angepisst sind. Und ich finde es durchaus verständlich, dass keiner weiß, was er sagen soll.

DAS HAT UNS ALLE ÜBERRASCHT, und ich bezweifle, dass ich der

Einzige bin, der davon überzeugt werden muss, dass dieser Trip eine gute Idee ist. Sicher, bei Tanner spricht die Aussicht darauf, seine Tochter sehen zu können, sicher dafür, aber das bedeutet nicht, dass Nathan oder Janus auch dabei sind.

Janus hat, soweit ich weiß, ganz klar gesagt, dass er unseren Vater das nächste Mal auf dessen Beerdigung sehen will. Aber wenn Tommy es geschafft hat, zu mir durchzudringen, bin ich mir sicher, kann er auch unseren jüngeren Bruder von der Idee überzeugen.

„Ich bin mir sicher, sie werden sich melden, wenn sie die Nachricht verarbeitet haben", sagt Tommy nach einem Moment des Schweigens. Ich nicke. Ich könnte jetzt selbst eine Zigarette vertragen, doch im Moment gibt es wichtigere Dinge um die ich mich kümmern muss.

„Ich bin mir sicher, Joe meldet sich wegen der Details. Er will, dass wir innerhalb der nächsten Tage dort sind", ruft Tommy mir hinterher.

Ich hebe meine Hand als Zeichen, dass ich ihn gehört habe, drehe mich aber nicht um. Mit Joe ist es immer das Gleiche, und ich weiß, wie es läuft. Mein Bruder muss mir nicht sagen, wie wir damit umgehen.

Wir handhaben Dinge immer auf die gleiche Weise. Natürlich ist mir klar, dass er nur darum bemüht ist, die merkwürdige Leere, die er ganz sicher fühlt, zu füllen, indem er sich um die Details kümmert. Und ich kann ihm das nicht einmal übel nehmen.

Ich dachte, wir hätten diese Scheiße hinter uns gelassen – unsere Heimatstadt, unseren Vater. Aber anscheinend haben wir das nicht. Ich werde mich also besser mit der Tatsache anfreunden, dass einige alte, unliebsame Erinnerungen und Gefühle ihr hässliches Antlitz zeigen werden.

In ein paar Tagen werden wir uns alle auf den Weg nach Hause machen.

4
KAPITEL VIER

Tanner

„Also was denkt ihr? Glaubt ihr, dass Dad sich plötzlich nach uns erkundigt, weil er etwas will, oder glaubt ihr, es geht langsam zu Ende mit ihm?" Janus schaut jeden von uns an, während er auf eine Antwort wartet. Niemand antwortet.

Wie zum Teufel sollte irgendeiner von uns wissen, was in Dads Kopf vorgeht. Und selbst wenn wir das wüssten, würde es etwas an unseren Plänen ändern? Das war mit Sicherheit die beschissenste Entscheidung, die ich jemals treffen musste. Und wäre da nicht meine Tochter, hätte ich sicher nicht einmal darüber nachgedacht, nach Hause zu fahren.

Um ehrlich zu sein, bin ich mir trotz meiner Tochter nicht sicher, ob ich überhaupt dorthin will. Ich weiß, wie schwer es für ein Kind sein kann, ohne Vater aufzuwachsen, aber ich weiß auch, wie schwer es für ein Kind sein kann, mit einem beschissenen Vater aufzuwachsen. Ich war so ein Kind. Sicher, ich hatte einen Vater, aber er war der beschissenste Vater, den ich mir vorstellen konnte.

Oft genug hatte ich mir gewünscht, es würde ihn nicht geben, und ich will nicht, dass meine Tochter dieses Gefühl jemals haben muss. Ich will eine freudige Erscheinung in ihrem Leben sein und um das zu schaffen, muss ich zuerst meine Angelegenheiten in Ordnung bringen, bevor ich sie zu einem festen Teil meines Lebens machen kann.

„Alle Entscheidungen wurden getroffen. Joe kümmert sich gerade um das Hotel und um alles andere. Er meldet sich wieder bei mir, sobald er mehr weiß", informiert Tommy uns. Janus scheint von der Situation noch immer etwas angepisst zu sein, ich weiß aber auch nicht, was ich sagen soll.

„Zumindest hast du die Chance, dein Kind zu sehen", wirft Nathan ein. Das sind die ersten Worte, die er sagt, seit Tommy uns von dieser verdammten Sache erzählt hat, und ich würde ihm am liebsten sagen, er solle die Schnauze halten. „Das heißt, falls du dir überhaupt die Mühe machen willst, sie zu sehen."

„Soweit ich gesehen habe, bist du über die ganze Sache auch nicht sonderlich erfreut", antworte ich wütend. Ich lass mich von keinem hier dumm anmachen. Es ist mir auch egal, wenn sie in gewisser Weise Recht haben.

„Und warum zum Teufel sollte ich darüber erfreut sein? Ich dachte, wir machen uns auf den Weg zurück nach Deutschland und nicht nach Mitten-ins-Nirgendwo, Ohio!" Keift er zurück. Er verschränkt die Arme, und ich blähe meine Brust auf. Ich habe keine Angst davor, mich mit meinen Brüdern zu prügeln. Ich bin vielleicht nicht so groß wie sie, sie haben mich aber noch nie eingeschüchtert.

„Scheiße, beruhigt euch, ihr zwei. Dass sich einer ein blaues Auge holt, ist wirklich das Letzte, was wir jetzt brauchen." James stellt sich zwischen uns, legt jedem von uns eine Hand auf die Brust und schiebt uns auseinander.

„James hat Recht. Außerdem brauchen wir vor unserer Heimkehr keine Schlagzeilen. Es wird auch so schon schwer genug sein, umgeben von ... allen." Tommy schluckt seinen Whiskey Cola herunter und zwischen uns kehrt für ein paar Minuten Ruhe ein.

Er hat Recht. Zuhause gibt es tatsächlich niemanden, den wir wiedersehen wollen.

Ausgenommen Arya.

„Passt auf. Das wird maximal zwei Tage dauern und dann sind wir auf dem Weg in die nächste Stadt. Reißen wir uns zusammen und tun so, als handle es sich einfach nur um einen Zwischenstopp auf unserer Reise. Mit den Fans und mit Dad werden wir schon fertig. Und dann machen weiter, als wäre das nie passiert. Ihr wisst, dass Dad wahrscheinlich nicht mehr viel Zeit bleibt. Das Ganze wird eine Sache von ein paar Tagen sein, und ich kann mir nicht vorstellen, dass es unser Leben groß verändern wird." James schaut erst mich und dann Janus an und dann wieder mich. Ich setze mich an den Tisch.

Für einige Minuten sage ich nichts und höre nur zu, wie sich die anderen über das Set unseres Auftritts streiten und darüber, was wir in unserer freien Zeit anstellen könnten. Mit etwas Glück haben wir nicht viel Freizeit und die, die wir haben, werde ich mit meiner Tochter verbringen.

Nur mit meiner Tochter. Nicht mit Caitlyn.

Mich schüttelt es bei dem Gedanken. In den letzten Monaten habe ich nur ein paar Mal mit Caitlyn gesprochen, und jedes Mal ging es um Arya. Das liegt einzig und allein daran, dass ich nicht gerne mit ihr rede. Und deswegen tue ich das nur, wenn es unbedingt erforderlich ist.

Es gab mal eine Zeit, da hielt ich Caitlyn für die Frau, die ich mal heiraten würde. Sie war in jedem Sinne des Wortes perfekt, und ich war völlig begeistert, als wir ein Paar waren. Es gab nichts, was ich an ihr verändert hätte, und ich weiß, dass es ihr mit mir genauso ging.

Aber Stress kann ein wahrer Beziehungskiller sein. Ich war dabei, die Band nach vorne zu bringen. Mir fiel es schwer, mit dem Stress umzugehen, den die angespannte Beziehung zu meinem Dad bei mir auslöste. Und was noch schlimmer war, war die Tatsache, dass meine Brüder glaubten, ich wüsste, was mit ihm los sei, da ich noch das beste Verhältnis zu ihm hatte.

Dabei wusste ich auch nicht mehr als alle anderen.

Ich weiß, dass ich die Situation mit Caitlyn nicht gut gelöst habe, aber als sich die Chance bot, bin ich gegangen. Ich habe meine Sachen gepackt und habe mich mit dem Rest der Band auf den Weg in ein neues Leben gemacht. Bereit, die Vergangenheit hinter mir zu lassen. Ich wusste, dass ich ihr das Herz brechen würde, und ich fühlte mich absolut beschissen deswegen. Doch ich redete mir ein, dass ich darüber hinweg kommen würde und sie auch.

Ich war davon überzeugt, dass wir im Laufe der Zeit einander vergessen würden oder uns irgendwann nur noch als verrückte High-School-Liebe in Erinnerung behalten würden.

Zumindest habe ich mir das eingeredet. Nach fast einem Jahr hat sie sich dann bei mir gemeldet und mir gesagt, dass sie eine Tochter hat. Nein, dass *wir* eine Tochter haben.

Unnötig zu erwähnen, dass ich völlig überrumpelt und wütend war. Ich forderte sofort einen Vaterschaftstest, und in diesem Moment war jede Chance auf eine friedliche Trennung dahin. Als der Test positiv ausfiel und ich mit Sicherheit wusste, dass sie von mir war, dachte ich, mein Leben sei zu Ende.

Bis ich das kleine Mädchen sah.

Vom ersten Augenblick an wusste ich, dass ich sie mehr als alles andere liebe. In diesem Moment war es egal, wer ihre Mutter war. Alles was zählte, war dieser kleine Engel, dieser Teil von mir, und ich würde alles in meiner Macht Stehende tun, um ihr Leben nicht so zu versauen, wie mein Vater es bei mir getan hat.

Ich würde ihr die Welt schenken. Aber ich wusste, dass ich das vielleicht am besten tat, indem ich mich aus ihrer Welt zurückzog.

„Alles klar, Kumpel?", fragt Tommy, während er sich neben mich setzt, und ich bemerke plötzlich, dass die anderen sich zu einer Partie Pool aufgemacht haben. Ich trinke mein Glas aus und nicke.

„Ja, absolut hervorragend", sage ich mit angespannter Stimme. Er klopft mir auf die Schulter und lächelt auf die gleiche Weise an, wie er es schon seit Jahren macht. Wenn ich es einem meiner Brüder zutraue zu verstehen, was ich fühle, dann ist das Tommy.

Wir gehen uns zwar ständig an die Gurgel, aber ich weiß, dass er sich für meine Belange interessiert.

„Du weißt, dass du dich in dem Moment darüber freuen wirst dort zu sein, wenn du sie siehst", sagt er grinsend. Ich nicke, und er klopft mir ein weiteres Mal auf die Schulter. Dann verlässt er den Raum und geht in die Lobby zu den anderen. Ich zögere. Ich will ihm widersprechen, weiß aber, dass er Recht hat.

Ich kann mir noch so oft einreden, dass es besser für sie ist, wenn ich mich weitgehend aus ihrem Leben heraushalte, doch Tatsache bleibt, dass ich alles dafür tun würde, um meine Tochter zu sehen; auch wenn es nur für ein paar Minuten ist. Ich will sie einfach nur in den Arm nehmen und ihr sagen, wie hübsch sie ist; ich will ihr übers Haar streicheln und ihr von Angesicht zu Angesicht sagen, dass ich sie über alles liebe.

Ja, dafür würde ich alles tun.

Sogar meinen beschissenen Vater besuchen.

KAPITEL FÜNF

Nikki

„Haben Sie gehört? Sie kommen nach Hause! Meine Jungs kommen nach Hause!" Mr. Bridges klingt beschwingt, als er sich in seinem Stuhl aufrichtet und mich mit glänzenden Augen ansieht. Ich lächle und blicke auf meine Notizen. Ich kann es mir nicht erlauben, vor meinen Patienten übermäßig emotional zu werden, und ich muss dafür sorgen, bestimmte Grenzen einzuhalten.

Zugleich kann ich seine Vorfreude nachfühlen. Er hat seine Söhne seit über fünf Jahren nicht mehr gesehen, und ich kann mir nicht vorstellen, wie das für ihn gewesen sein muss. Er hat mir mehr als einmal erzählt, dass er die Umstände bereut, unter denen sie aufgewachsen sind, und dass er sich wünscht, er könne die Zeit zurückdrehen und alles besser machen.

Ich versuche ihm zu sagen, dass er sich nicht auf die Fehler der Vergangenheit konzentrieren soll, sondern auf die Dinge, die er heute tun kann. Ich bete darum, dass er mich versteht, bin mir aber nicht sicher, dass er es tut.

„Ich bin mir sicher, dass sie sich alle darauf freuen, Sie zu sehen. Ich habe gehört, dass sie außerdem ein Konzert veranstalten werden, während sie hier sind", sage ich und versuche das Thema fortzuführen. Ich weiß, dass er den ganzen Tag über dieses eine Thema reden könnte, wenn ich ihn ließe, doch das habe ich nicht vor.

„Das habe ich auch gehört, aber ich weiß nicht, ob ich es schaffe, mir das anzusehen. Ich hoffe, sie kommen mich besuchen oder wir können uns an einem ruhigen Ort treffen und miteinander reden." Mr. Bridges blickt aus dem Fenster, und ich merke, dass er sich Gedanken darüber macht, wie er seine Söhne treffen kann.

Beinahe mache ich einen Vorschlag, doch dann erinnere ich mich daran, was Mr. Harvey mir gesagt hat.

„Deine Arbeit besteht vorrangig aus zuhören. Du kannst Ratschläge geben, wenn du darum gebeten wirst, aber schlage keine Lösungen vor, nur weil dir jemand ein Problem schildert. Unsere Aufgabe besteht darin, den Leuten Ziele und rationale Lösungsvorschläge für ihre Probleme zu geben, nicht ihre Probleme für sie zu lösen."

Mr. Bridges ist zwar nicht offiziell mein Patient, dennoch sollte ich mich an die Regeln halten.

„Ich weiß nicht. Dieser verdammte Krebs lässt mich nicht wirklich weit vom Bett wegkommen, daher glaube ich, es wäre das Beste, wenn sie hierher kommen. Was meinen Sie? Könnten Sie das für mich arrangieren? Ich wäre Ihnen auf ewig dankbar, wenn Sie das tun könnten." Mr. Bridges richtet seine Aufmerksamkeit wieder auf mich und nimmt meine Hände in seine.

Ich zögere. Ich habe mich schon selbst gefragt, ob ich jedem von ihnen wieder von Angesicht zu Angesicht gegenüberstehen möchte. Es gab mal eine Zeit, da waren wir auf eine gewisse Art miteinander befreundet. Aber es hat mich schon verletzt, wie sich mich sitzengelassen haben und von hier verschwunden sind. Es hat sich angefühlt, als sei ich für sie ein Teil des Albtraums, dem sie entkommen wollten, und sie haben sich auch nicht wirklich von mir verabschiedet.

Wir sind mehr oder weniger gemeinsam aufgewachsen. Sie lebten nur ein paar Blocks entfernt, und in der Schule war ich nur ein Jahrgang hinter Tanner. Eine Zeitlang waren Tanner und ich sogar mal ein Pärchen. Es ging nur ein paar Monate während meines ersten High-School-Jahres, und natürlich ist daraus nichts Ernstes geworden. Er hatte irgendwann eine andere Freundin, und ich muss zugeben, dass ich auch immer wieder in seine Brüder verknallt war, aber dennoch war da ... *etwas*.

Ich wusste auch immer, wer ihr Vater war, aber erst seit meinem Studium und meiner Arbeit als Therapeutin habe ich angefangen zu verstehen, was sie durchgemacht haben. Ich wusste, dass er ein wütender Mann war, der die meiste Zeit betrunken war. Mir war aber nicht das Ausmaß der Probleme klar, mit denen die Familie konfrontiert war.

Ich kann es ihnen nicht verübeln, dass sie ihren eigenen Weg gehen und nicht mehr mit ihrem Vater reden. Aber ich kann ihnen die Art und Weise übel nehmen, wie sie aus meinem Leben verschwunden sind.

Einen Tag waren sie noch da und am nächsten plötzlich verschwunden.

„Bitte? Sie wissen, dass ich nicht wirklich die Möglichkeit habe, sie zu erreichen, und ich fürchte, wenn ich nicht dranbleibe, werden sie nicht kommen. Das könnte meine letzte Chance sein, sie noch einmal zu sehen. Gott weiß, was dieser Krebs mit mir macht!" Er schaut an sich herunter, und ich habe Mitleid mit ihm. Da ist diese kleine Stimme in meinem Kopf, die mir sagt, ich solle mich nicht zu tief in diese Sache hineinziehen lassen.

Aber ich kann einem sterbenden Mann doch keine Bitte abschlagen.

Ganz zu schweigen von der Tatsache, dass ich, je besser ich diesen Mann kennenlerne, umso mehr Mitgefühl mit ihm habe. Ich selbst habe ein angespanntes Verhältnis zu meinem Vater, was dazu führt, dass ich von Natur aus männliche Aufmerksamkeit suche; auf verschiedene Art und Weise. Doch selten passiert es mir, dass ich wie eine eigene Tochter behandelt werde.

Ehrlich gesagt, habe ich mich für Psychologie und die Laufbahn als Therapeutin entschieden, um meinen Vater stolz zu machen. Wäre es nach mir gegangen, hätte ich das Gleiche wie die Bridges-Jungs gemacht. Ich hätte irgendetwas Künstlerisches gemacht.

Mein Vater fand das aber lächerlich und hat mir deutlich erklärt, dass ich mir etwas suchen sollte, mit dem sich Rechnungen bezahlen lassen; alles andere habe keinen Wert. Auf gewisse Weise hat er mich in den medizinischen Bereich gedrängt.

Aber ich habe es durchgezogen, und nun bin ich in der Lage diesem Mann zu helfen; ich weiß, dass ich das tun muss.

Er hat mich ganz gezielt um Hilfe gebeten, und ich weiß, dass seine Zeit begrenzt ist. Ich schließe meinen Notizblock, lege ihn auf meinen Schoß und blicke Mr. Bridges lächelnd an.

„Wissen Sie was? Ich wette, wir kriegen das hin. Es wird vielleicht nicht ganz leicht sein, sie alle gleichzeitig hierher zu bekommen oder für eine längere Zeit, wenn sie einen Auftritt vor sich haben, doch ich verspreche Ihnen, ich werde alles in meiner Macht Stehende tun, sie hierher zu holen, bevor sie wieder fahren." Noch während ich rede, spüre ich, wie mein Selbstvertrauen schwindet und mir wird das Herz etwas schwer. Ich weiß nicht, ob ich diesem Mann ein Versprechen gebe, das ich unmöglich halten kann. Aber ich habe es ihm mit einer solchen Überzeugung gegeben, dass er es mir ohne Zweifel glaubt.

Er beugt sich etwas vor und legt seine Hände wieder auf meine. Er drückt sie sanft und schenkt mir ein breites Grinsen.

„Ich wusste, ich kann auf sie zählen. Wenn es irgendwer auf dieser Welt schafft, mir diesen Wunsch zu erfüllen, dann sind Sie das!" Er lacht und blickt erneut aus dem Fenster, ich werde langsam nervös. Ich hätte gedacht, ich wäre die letzte Person, die man um so etwas bittet.

Die ganze Stadt weiß, dass die Jungs und ihr Vater sich nie verstanden haben. Seit ich die Vertraute dieses Mannes bin, habe ich mehr Hintergrundinformationen erhalten und kann verstehen, dass die Jungs ihn abgeschrieben haben, sobald sie auf sich allein gestellt waren.

Aber ich war schon immer ein mitfühlender Mensch gewesen, und ich kann diese Bitte nicht einfach ignorieren. In seinen Augen sehe ich, wie verzweifelt er die Dinge mit seinen Jungs in Ordnung bringen möchte, und ich werde nicht zulassen, dass ihm dabei etwas im Wege steht, zumindest werde ich es versuchen.

„Ich werde tun, was ich kann, um sie so schnell wie möglich herzuholen", sage ich mit einem freundlichen Lächeln. Ich erhebe mich von meinem Stuhl und schaue zum Bett.

„Brauchen Sie Hilfe, um wieder ins Bett zu kommen?", frage ich. Er blickt über seine Schulter auf das Bett, schüttelt den Kopf und winkt mit der Hand ab.

„Ich schaffe das schon. Ein paar Dinge will ich noch selber machen, solange ich noch kann. Ich danke Ihnen vielmals für Ihre freundlichen Worte, und sie sagen mir Bescheid, sobald Sie etwas von ihnen hören!" Er lacht und erhebt sich langsam von seinem Stuhl. Ich widerstehe dem Drang, ihm zu Hilfe zu eilen.

Ich will sichergehen, dass er es so angenehm wie möglich hat, und ich hasse es zu sehen, wie er sich abmüht.

„Klingeln Sie, wenn Sie etwas brauchen", sage ich und gehe zur Tür. Er richtet sich auf seinem Bett ein und sieht dabei so fröhlich aus, wie ich ihn seit Monaten nicht mehr gesehen habe. Lächelnd schließe ich die Türe hinter mir. Ich will nicht darüber nachdenken, was Mr. Harvey wohl sagen wird, wenn er von meinem Versprechen erfährt. Ich will nicht darüber nachdenken, wie schwer es tatsächlich sein wird, dieses Versprechen einzulösen.

In diesem Moment möchte nur zu meinem nächsten Termin gehen, in dem Wissen, dass ein Mann meinetwegen so glücklich ist, wie er seit Jahren nicht mehr war. Es wird nicht einfach sein. Es mag sogar völlig unmöglich sein, auch nur einen seiner Söhne zu erreichen, doch ich werde es verdammt nochmal versuchen.

Immerhin waren wir mal so was wie Freunde. Sie sollten Zeit finden, mich zu treffen. Berühmt oder nicht, wir waren befreundet.

Da verdiene ich doch wohl ein wenig Beachtung.

6

KAPITEL SECHS

Tommy

„Und ihr habt alle geglaubt, wir schaffen es nicht!" Greg, unser Busfahrer, blickt uns grinsend über seine Schulter an, aber ich beachte ihn gar nicht.

Er hat Recht – ich hätte nicht gedacht, dass wir es schaffen, und ich bin immer noch überrascht, dass es uns gelungen ist. Ich will ihm sagen, dass er sich verpissen soll, aber ich werde nett bleiben. Er hat uns hier runter gebracht, aber ich bin immer noch sauer auf Joe, dass er uns keine Flugtickets besorgt hat, so wie ich es vorgeschlagen habe.

„Ich bin kein Mechaniker, aber ich denke, wir sollten den Bus so schnell wie möglich zu einer Werkstatt bringen", sagt Janus, während er nach vorne geht. Ich sortiere die Papiere auf meinem Schoß und weigere mich weiter, irgendetwas zu sagen. Ich habe es verdammt nochmal so satt, dass die Jungs mir nie zuhören. Sollen sie dieses Mal doch von selbst darauf kommen.

Tanner folgt Janus in den vorderen Bereich des Busses, aber

er blickt auf den Parkplatz, auf den wir gerade gefahren sind. Das kann ich ihm nicht verdenken. Er starrt aus dem Fenster, seit wir die Stadt erreicht haben, und ich weiß, dass er darauf hofft, auch nur einen kurzen Blick auf seine Tochter werfen zu können. Es ist unwahrscheinlich, dass wir sie jetzt sehen, immerhin ist noch Schulzeit. Aber ich weiß auch, dass er viel öfter an sie denkt, als er zugeben möchte.

„Nun, was willst du machen, Tommy? Ich kann euch Jungs zum Hotel bringen, damit Ihr euch einrichten könnt. Du kannst dich mit Joe in Verbindung setzen und fragen, was er wegen des Busses machen will. Aber mit dem qualmenden Motor", er zeigt auf die Rauchwolke, die über der Motorhaube aufsteigt, „werden wir nicht weit kommen." Greg richtet seine Aufmerksamkeit auf mich, und ich rolle die Augen.

„Du bist der Fahrer. Ich denke von allen hier bist du derjenige, der das hier entscheiden kann, Greg. Jedenfalls will ich nicht hier mitten auf der Straße liegen bleiben. Rufen wir ein Uber und verschwinden von hier, verdammt nochmal. Du kannst dich um das hier kümmern und mich anrufen, wenn du Neuigkeiten hast."

Ich ignoriere seinen Blick und schnappe mir mein Telefon, um ein Uber zu bestellen. Es ist mir scheißegal, wie lange er braucht, um einen Mechaniker zu finden. Ich will es mir lieber mit einem kalten Bier im Hotelzimmer bequem machen. Wir waren jetzt Stunden unterwegs, worüber ich gar nicht länger nachdenken darf, sonst rege ich mich nur wieder über Joe auf.

Als wir am Hotel ankommen, sind wir alle verschwitzt und hungrig, dennoch hat sich meine Stimmung etwas verbessert. Nach Hause kommen ruft eine Menge alter Erinnerungen wach, auch jene, an die ich nicht denken wollte. Als Ältester bin ich derjenige, der die längste Zeit hier verbracht hat, und ich erinnere mich an den Ärger, den James und ich ständig nach der Schule hatten.

„Guck, Tommy. Ist das nicht der alte Müllcontainer in den wir Hansen während des letzten Schuljahres geworfen haben?", ruft James vom Rücksitz. Ich gucke aus dem Fenster, sehe den alten Parkplatz mit den großen, beschmierten Müllcontainern und lache. Wir haben dieses Kind gehasst und es hat sich gut angefühlt, ihn in den Container zu werfen.

Klar, das hätte man durchaus als Mobbing ansehen können, aber der kleine Drecksack wollte Tanner einfach nicht in Ruhe lassen. Wir hatten sicher nicht vor, dabei zuzusehen, wenn irgendein blödes Arschloch sich an unserem kleinen Bruder vergreift.

Wir erreichen das Hotel, und ich bin erleichtert, dass Joe alles arrangiert hat. Es dauert nur einige Minute, bis jeder von uns auf seinem eigenen Zimmer ist. Glücklicherweise hat Joe bei der Buchung darauf geachtet.

Mein Telefon klingelt.

„Was?", frage ich und halte das Telefon an mein Ohr.

„Nun, ich habe eine gute und eine schlechte Nachricht", ertönt Joes Stimme in der Leitung. Ich bin überrascht, dass es nicht Greg ist, und prüfe die Nummer noch einmal, um sicherzugehen.

„Was für Neuigkeiten?", frage ich ungeduldig.

„Greg hat angerufen und gesagt, dass ihr unterwegs ein paar Probleme mit dem Bus hattet", fährt Joe fort. Mit erkennbarem Frust in der Stimme bestätige ich das.

„Tja, wie es aussieht, müssen wir uns erst um den Motor kümmern, bevor ihr die Tour fortsetzen könnt. Ich habe das Ersatzteil bereits losgeschickt, aber sie werden es wohl erst am Ende der Woche einsetzen können." Joe spricht mit seiner so-ist-das-Stimme; diesen Ton schlägt er immer an, wenn er mir Sachen sagt, die ich gar nicht hören will.

„Und was zur Hölle bedeutet das für die Tour?", frage ich. Ich will nicht länger als unbedingt nötig in dieser Stadt bleiben, aber ich ahne schon, in welche Richtung diese Unterhaltung geht.

„Ganz ruhig, Tommy. An dieser Stelle kommen die guten Nachrichten." Überzeugt davon, dass er uns bald hier rausholt, entspanne ich mich etwas.

Doch das tut er nicht.

„So wie es aussieht, sind beide Shows bereits ausverkauft. Daher haben wir entschieden, das Ganze um zwei Tage zu verlängern. Auf diese Weise kriegt ihr die Woche gut rum, und ich kann euch von dort aus zur nächsten Show fliegen lassen. Der Bus kann nachkommen und wenn alles klappt, sind wir Anfang nächster Woche wieder voll im Plan." Er klingt optimistisch, doch ich teile seinen Enthusiasmus nicht.

„Du weißt so gut wie ich, dass die Dinge selten nach Plan laufen", motze ich zurück.

„Wir können im Moment nicht viel machen. Falls du nicht vorhast, dir die hunderte Dollar, die es kosten wird, euch – und die ganze Ausrüstung – mit einem Uber zur nächsten Show zu fahren, aus den Rippen zu schneiden, sitzt ihr dort erst einmal fest, mein Freund. Komm schon, so schlimm ist es nicht. Ich dachte, du wolltest deinen Vater sehen und so?" Joe versucht das Thema zu wechseln, und ich zucke zusammen.

Ich bin geneigt, meinen Vater zu sehen, aber er ist nicht der Hauptgrund dafür, dass wir hier sind. Oder doch? Bei all den Neuigkeiten, die mir in den letzten Tagen an den Kopf geworfen wurden und den ganzen Emotionen, die die alte Heimat in mir auslöst, weiß ich das nicht einmal mehr.

„Ja, wir werden einen Besuch bei ihm irgendwo im Zeitplan unterbringen, aber ich konzentriere mich vor allem darauf, uns hier rauszubringen. Ich muss einen Job erledigen, Joe. Das müssen wir alle." Ich lenke das Thema wieder auf die Arbeit. Ich ziehe es vor, mit meinem Agenten über die Arbeit zu reden, anstatt über mein Privatleben. Als ich ihn seufzen höre, muss ich lächeln. Zumindest bin ich nicht der Einzige, der von den Vorkommnissen gestresst ist.

„Ich weiß, ich weiß, und ich tue mein Bestes. Pass auf. Nach unserem Gespräch rufe ich sofort die Airline an und sehe, was ich tun kann. Währenddessen konzentriert ihr euch darauf, alte Freunde zu treffen. Arbeitet an den Auftritten. Es ist Jahre her, dass ihr zuhause gespielt habt, und ihr habt selbst gesagt, dass ihr eine unvergessliche Show abliefern wollt." Und schon wieder klingt Joe extrem optimistisch, und dieses Mal bin ich derjenige, der seufzt.

Ich weiß, dass er Recht hat. Es gibt in dieser Stadt eine Menge Leute, denen ich es zeigen will. Aber auch hier läuft es letztlich wieder auf meinen Vater hinaus. Er ist derjenige, dem ich beweisen will, dass ich etwas aus meinem Leben gemacht habe. Aber ich weiß nur noch nicht, wie ich das tun werde.

Ich kann mir nicht vorstellen, dass er zu einer der Shows kommt. Nicht in seinem Zustand. Nein. Wenn ich zeigen will, was ich erreicht habe, dann muss ich das von Angesicht zu Angesicht machen.

Ich beende das Gespräch mit Joe, lege auf und nehme einen weiteren Schluck aus der Bierflasche.

Ich habe keine Zweifel daran, dass - wann auch immer ich noch einmal mit meinem Vater spreche – keiner von uns dieses Gespräch vergessen wird.

KAPITEL SIEBEN

James

„Okay, okay, das war alles, was ich zu biete habe. Danke, danke. Sagt euren Freunden, sie sollen die Show morgen Abend nicht verpassen!" Ich lächle, doch sobald ich in der Kellerbar verschwinde, verschwindet auch mein Lächeln. Ich verhungere. Ich habe den ganzen Tag damit verbracht, mich mit Fans fotografieren zu lassen und Autogramme zu geben, und nun brauche ich etwas zu essen.

Ich muss zugeben, dass mich der Andrang beim gestrigen Auftritt überrascht hat. Für so eine kleine Stadt haben wir die Bühne ganz schön aufgemischt. Als Joe sagte, das Stadion sei ausverkauft, wusste ich nicht, dass er den größten Spielort der Stadt meinte.

Es hat sich gut angefühlt. Unter den Besuchern waren eine Menge bekannter Gesichter. Viele von ihnen haben mich früher verspottet und mir immer wieder gesagt, dass ich es niemals schaffen werde - weder als Musiker noch im Leben. Und, um wessen Autogramm prügeln sie sich jetzt?

„James?" Eine Stimme, die mir irgendwie bekannt vorkommt, ruft meinen Namen, und ich drehe mich zu ihr um. Ich weiß, dass mich die meisten Menschen in dieser Stadt kennen, aber diese Stimme hat etwas Vertrautes an sich. Ich weiß, dass sie einer Person gehört, die ich einmal ziemlich gut kannte, ich kann sie nur nicht zuordnen.

Ich drehe mich um und stelle geschockt fest, dass Nikki Marlow direkt vor mir steht. Mein Herz schlägt schneller, und ich merke, wie es mir die Sprache verschlägt. Ich habe an dieses Mädchen seit der High-School nicht mehr gedacht, geschweige denn, sie gesehen. Und nun steht sie direkt vor mir und sieht noch genauso umwerfend aus wie damals – jedoch auch wesentlich reifer.

Sie muss jetzt Mitte zwanzig sein. Ich habe keine Ahnung, was sie so getrieben hat, seit wir die Stadt verlassen haben, aber sie sieht aus wie ein Model. Klein, schlank und ein athletischer Körper, der sofort unangemessene Gedanken bei mir hervorruft. Ihre hellen, grünen Augen blicken mich mit einem Strahlen an, an das ich mich gut erinnere, und ihre brünetten Haare sind zu einem Pferdeschwanz gebunden.

„James Bridges, es ist ewig her!", redet sie weiter. Ich finde noch immer keine Worte, während sie auf mich zukommt und mich umarmt. Endlich löst sich meine Sprachlosigkeit, und ich blicke sie lächelnd an.

„Nikki Marlow! Mein Gott, sieh dich an! Du bist erwachsen geworden!" Plötzlich komme ich mir alt vor, mir fällt nichts anderes ein, was ich hätte sagen sollen, und sie sieht mich mit amüsierter Miene an.

„Das kannst du wohl sagen. Ich habe eure Show gestern Abend gesehen. Ich hatte einen Riesenspaß." Sie zwinkert mir zu, und ich fühle, wie sich Stolz in meiner Brust breitmacht. Sie gehörte schon immer zu den Menschen in unserem Leben, die uns ermutigten. Es ist trotzdem schön zu hören, dass ihr die Show gefallen hat.

„Ich habe dich nicht gesehen, aber das kannst du mir hoffentlich nachsehen – es waren eine ganze Menge Leute da", scherze ich. Ich suche noch immer nach den passenden Worten, die ich ihr sagen könnte, denn ich möchte das Gespräch noch nicht beenden.

„Ja." Sie blickt mich weiter lächelnd und mit strahlenden Augen an. „Jedenfalls", fährt sie fort, „arbeite ich jetzt als Therapeutin, und - die Welt ist ein Dorf - dein Vater ist Patient in meiner Klinik! Er weiß, dass ihr in der Stadt seid, und er fragt sich, ob ihr es wohl irgendwie einrichten könnt, ihn zu besuchen. Ich habe ihm gesagt, ich werde mein Bestes geben, um das hinzukriegen." Sie lächelt immer noch, doch in ihrem Gesicht liegt auch eine gewisse Spannung, und ich kann spüren, dass sie unsicher ist, wie ich reagieren werde.

Ich lege mir die Hand in den Nacken und wende meinen Blick ab.

„Ja, die Klinik hat Tommy angerufen, und er hat uns gesagt, dass es Dad nicht so gut geht. Wir haben geplant, ihn irgendwann zu besuchen. Ich bin aber üblicherweise nicht derjenige, der sich um so etwas kümmert." Ich lächle, sehe an ihrem Blick aber, dass sie mir das nicht ganz abnimmt.

Sie erwidert meinen Blick, schüttelt leicht mit dem Kopf und winkt mit der Hand ab. „Das ist absolut verständlich, und ich kann mir vorstellen, dass ihr Jungs ziemlich beschäftigt seid. Wie gesagt, ich habe ihm gesagt, dass ich mein Bestes tun werde. Ich denke, er wird es verstehen, wenn bei euch zu viel los ist."

Ich kann ihr ansehen, dass sie versucht, den Frieden zu wahren. Ich bin dennoch erleichtert, als sie das Thema wechselt. „Also, wie geht es den anderen? Ich habe mit keinem von euch mehr gesprochen, seit ... Gott, seit Jahren!"

„Ich weiß! Wir leben ein ganz schön verrücktes Leben – viele Reisen und Auftritte und das ganze Zeug. Du kannst dir nicht vorstellen, wie viel Arbeit es macht, einen Song herauszubringen." Ich mache wieder Witze und versuche, die Unterhaltung von meinem Vater weg zu lenken.

„Das glaube ich. Ich wollte immer etwas mit Musik oder so machen, aber mein Vater wollte, dass ich erst etwas im medizinischen Bereich mache. Er sagte, damit lassen sich Rechnungen besser bezahlen. Ich schätze, er hat eure Karriere nicht verfolgt." Sie lacht, und ich tue es ihr gleich. Ich kann mich nicht besonders gut an ihren Vater erinnern, aber ich weiß noch, dass er etwas herrisch war. Er hat mich nie besonders interessiert.

„Nun, ich bin mir sicher, er ist stolz auf deine Arbeit", antworte ich. Zwischen uns herrscht ein Moment Stille, dann schaut sie sich um.

„Naja, ich dachte einfach, ich komme mal vorbei und sage Hallo – nach so langer Zeit. Es ist schön zu hören, dass es euch gut geht, und falls ihr euch dazu entschließt, euren Vater zu besuchen, sehe ich euch dort!" Sie schenkt mir eine weitere, fröhliche Umarmung, doch ich spüre, dass sie noch etwas sagen will.

„Auf jeden Fall. Ich würde mich freuen, dich nochmal zu sehen, bevor wir weiterziehen", sage ich. Es folgt ein weiterer, merkwürdiger Moment der Stille, etwas schwerer als der vorherige, und dann nickt sie mir leicht zu und geht. Ich zögere und versuche zu verstehen, was hier gerade passiert ist.

Ich sehe ihr nach, da bleibt sie plötzlich stehen und kommt zurück. Ihr Gesichtsausdruck verrät mir, dass sie entweder nervös ist oder mir etwas sagen will. Oder beides.

„Hier, meine Telefonnummer. Das geht wesentlich schneller, anstatt über die Klinik. Du kannst die Nummer auch gerne an deine Brüder weitergeben, falls sie einen Termin absprechen möchten." Sie schreibt ihre Telefonnummer auf eine Serviette und gibt sie mir. Dann lächelt sie mich noch einmal an, dreht sich um und geht.

Ich bleibe noch einen Moment sitzen, noch immer etwas verwirrt von diesem Zusammentreffen.

Ich kann nicht glauben, dass keiner von uns an Nikki Marlow gedacht hat, als wir darüber gesprochen haben, nach Hause zu fahren. Zumindest habe ich das nicht. Keine Ahnung, ob einer der anderen an sie gedacht hat, zumindest hat keiner etwas gesagt. Ich hole mein Telefon aus der Hosentasche und wähle Tommys Nummer.

„Hallo?", ertönt seine Stimme am anderen Ende.

„Mann, hast du eine Sekunde?", frage ich.

„Klar, was gibt's?", erwidert er.

„Du glaubst nicht, wer mir gerade über den Weg gelaufen ist!"

KAPITEL ACHT

Tanner

„Pass auf Caitlyn. Wir sind uns einig, dass wir keine Freunde sein müssen. Wir sind uns sogar einig darüber, dass wir uns nicht einmal leiden müssen. Alles was ich will, ist meine Tochter sehen!" Ich versuche, ruhig zu bleiben, aber in mir kochen die Emotionen hoch.

Caitlyn Thomas, die Mutter meiner Tochter, macht es mir extrem schwer. Und ihre Stimme zu hören – zu wissen, dass wir in derselben Stadt sind – ist mehr, als ich mir im Moment zumuten wollte. Ich weiß, dass es nicht fair von mir war, sie einfach so sitzenzulassen und dann ohne Vorwarnung wieder aufzutauchen. Doch so ist das Leben eines verdammten Rockstars nun mal.

„Ich habe Therapiesitzungen, und sie hat Schule. Wenn du mir vorher vielleicht Beschied gesagt hättest, dass ihr kommt, dann hätte ich auch Zeit gehabt, das zu regeln! Du kannst doch nicht einfach auftauchen und erwarten, dass sich alle nach dir richten, nur weil du dich dazu entschieden hast, uns mit deiner Anwesenheit zu beehren", schimpft sie am Telefon.

Ich verstehe ihren Standpunkt, doch ich bin viel zu wütend, um sachlich mit ihr zu reden. Aus meiner Sicht kann ich nicht verstehen, warum sie nicht einfach ein paar unwichtige Dinge liegen lässt, damit ihre Tochter ihren Vater sehen kann. Ich habe keinen Zweifel daran, dass Arya ihren Vater genauso gerne sehen möchte, wie ich sie.

Außerdem wäre es mir ohnehin lieber, wenn Caitlyn bei dem Treffen gar nicht dabei wäre. Aber wenn sie sich besser dabei fühlt, das Ganze zu beaufsichtigen, ist es mir ehrlich gesagt auch scheißegal.

„Das verstehe ich, und es tut mir leid. Aber du musst auch verstehen, dass ich keine Ahnung hatte, dass wir jetzt in der Stadt sein würden. Ich war der Meinung, wir würden nach Europa gehen, aber dann ist irgendein Mist mit meinem Vater passiert, und sie haben die Termine verschoben." Ich verstumme allmählich, doch sie greift es auf.

„Du kannst dich also für deinen Vater, den du hasst, auf den Weg machen, aber für deine Tochter findest du nicht die Zeit, vorbeizukommen? Wie glaubst du, wird sie sich dabei fühlen? Hast du irgendeine Idee, wie schwer es für mich ist, ihr zu sagen, warum du kein Teil ihres Lebens bist? Ich hasse es, sie traurig zu sehen, Tanner. Ich kann darüber hinwegkommen, was du mir angetan hast, aber ich kann nicht darüber hinwegkommen, was du ihr angetan hast." Sie redet so schnell, dass sie es mir unmöglich macht, dazwischen zu gehen. Also bleibe ich ruhig sitzen und warte, bis sie alles gesagt hat, bevor ich spreche.

„Caitlyn, du weißt, dass wir dieses Leben nicht geplant hatten, aber nun ist es einmal so, und wir müssen das Beste daraus machen. Ich bitte dich nicht darum, mich nicht zu hassen. Ich bitte dich wirklich um gar nichts. Ich möchte nur die Chance haben, meine Tochter zu sehen, während ich in der Stadt bin. Wenn ich es schaffe, meinen Aufenthalt zu verlängern, damit es für dich funktioniert, dann werde ich das gerne tun. Aber das ist wirklich alles, was ich machen kann." Dass ich sie anflehen muss, gefällt mir nicht. Es gefällt mir nicht, überhaupt jemanden anzuflehen.

Ich hasse das Gefühl, verletzlich zu sein. Sogar mehr als das: ich hasse es zu wissen, dass jemand diese Macht über mich hat. Ich weiß, dass Caitlyn verhindern kann, dass ich Arya überhaupt sehe, während ich hier bin, und sie weiß das auch. Ich weiß, dass ich sie vor Jahren mies behandelt habe, dass ich beide mies behandelt habe. Und ich weiß auch, dass ich nicht erwarten kann, dass sie das alles einfach vergisst. Trotzdem kotzt es mich an.

Es folgen ein paar stille Momente, bevor sie seufzt.

„Wenn du es vielleicht schaffst, deinen Aufenthalt um ein paar Tage zu verlängern, dann finde ich vielleicht Zeit, sie dir zu bringen. Aber ich werde nicht ihren Stundenplan durcheinanderwerfen oder andere Pläne, die sie hat, und du musst verstehen, dass es für sie genauso wichtig ist, dass ich zur Therapie gehe, wie es für mich ist." Ihre Stimme klingt scharf und gereizt, und ich weiß, dass sie auf einen Streit aus ist.

Für Caitlyn hatte die Therapie schon immer eine große Bedeutung im Leben. Jedes Mal, wenn in ihrem Leben etwas schief ging, hat sie sich Medikamenten und Therapeuten zugewandt. Als wir zusammen waren, haben wir oft darüber gestritten – ich fand, dass sie zu sehr darauf angewiesen war und dass es zu einer Belastung wurde, wie andere schlechte Angewohnheiten auch – doch das war etwas, was ich mit der Zeit einfach lernte gehen zu lassen.

Ich war immer der Meinung, wenn ich es ohne schaffe, dann

sollte sie auch dazu in der Lage sein. Caitlyn wiederum argumentierte, ich könnte viel glücklicher sein, wenn ich selbst eine Therapie machen und lernen würde, mit dem ganzen Scheiß meiner Vergangenheit klarzukommen.

So wie die Dinge liegen, werden wir nie den Standpunkt des anderen verstehen, und das wird immer zwischen uns stehen. Nach unserem Verständnis hat der eine Recht und der andere Unrecht.

„Gut, das ist alles, worum ich bitte. Ich werde mit dem Rest der Band reden und mich darum kümmern, dass sie jemanden finden, der für mich einspringt. Ich werde mich dann wieder so schnell wie möglich bei dir melden. Denk nur daran, dass du das für Arya tust und nicht für mich." Ich hoffe darauf, dass, wenn der Fokus auf unsere Tochter gerichtet wird, sie weniger gewillt ist, ihre Meinung zu ändern.

„Halte mich dieses Mal einfach auf dem Laufenden. Wenn du es nicht schaffst, sie zu besuchen, sag mir einfach Bescheid, okay? Du hast in der Vergangenheit schon bewiesen, dass du Leute gerne fallen lässt, wenn sie dir lästig werden. Und solltest du das jemals bei Arya versuchen, kannst du dir sicher sein, dass du sie nie wiedersehen wirst. Verstehst du?"

In mir steigt Wut auf, und ich würde gerne mit ihr streiten. Ich will ihr sagen, dass sie sich verpissen und nicht so tun soll, als sei ich ein furchtbarer Vater, nur weil ich ein furchtbarer Freund war.

Gleichzeitig verstehe ich ihren Standpunkt. Ich kann das meiner Tochter nicht antun. Das würde sie fertigmachen. Wenn ich plane sie zu besuchen, dann ist es egal, was der Rest der Band macht. Auch wenn das bedeutet, dass wir einen Auftritt absagen müssen, ich muss für meine Tochter da sein.

Es wäre nur um ein Vielfaches leichter, wenn Caitlyn sie mich jetzt sehen lassen würde, dann müsste ich Nichts verschieben.

„Ich verstehe. Ich werde dich auf dem Laufenden halten", antworte ich. Nach einem kurzen und angespannten Tschüss, beenden wir das Gespräch. Seufzend werfe ich mein Telefon auf das Hotelbett.

Ich vergrabe mein Gesicht in den Händen und versuche, die Kopfschmerzen loszuwerden, die gleich zu Beginn des Gesprächs aufgetaucht sind. Ich wünschte, ich hätte meine Emotionen unter Kontrolle. Ich weiß, dass sie durch den Gedanken daran entstehen, dass ich Caitlyn sicher bald sehen werde.

Ich rede mir ein, dass ich sie nicht sehen will. Ich rede mir ein, dass ich nur Arya sehen will. Aber in Wahrheit brenne ich darauf, beide zu sehen. Auch wenn wir nur noch schwer miteinander klarkommen, bringt der Klang ihrer Stimme mein Herz noch immer zum Rasen, und ich will sie einfach in den Arm nehmen.

Caitlyn zu vergessen war nie so leicht gewesen, wie ich anfangs gedacht habe.

Ich gehe zur Minibar und hole mir einen Drink. Wenn es irgendetwas gibt, das meine Gedanken von meiner Ex ablenken kann, dann Whiskey.

Nachdem ich das Glas in einem Schluck geleert habe, denke ich kurz darüber nach, wie es wohl wäre, wenn ich wieder mit Caitlyn zusammenkommen würde. Wir wären eine echte Familie; sie, ich und Arya.

Ich schüttle schnell den Kopf, um diese Idee wieder loszuwerden, bevor sie sich festsetzt. Der Gedanke, dass es tatsächlich so kommen könnte, ist so lächerlich, dass ich laut lachen könnte.

Ich werde meine Tochter sehen, und das war es dann. Um mich abzulenken, logge ich mich in einen meiner vielen Social-Media Accounts ein. Online ist immer etwas los. Das wird mir helfen, etwas von dem Stress loszuwerden, der mich überkommt, wenn ich darüber nachdenke, wann und wie ich mein kleines Mädchen sehen werde.

Ich muss einfach nehmen, was ich kriegen kann.

KAPITEL NEUN

Nikki

Ich sitze an meinem Laptop, nippe an meinem Glas Wein und versuche, mich auf den Bildschirm vor mir zu konzentrieren. Ich habe getan, was ich konnte, um mich nach der Arbeit zu entspannen, und hoffe, dass ich dadurch besser schlafen kann. Mein Telefon klingelt, und ich richte meinen Blick darauf; ein Teil von mir hofft, dass es die Arbeit ist, die mich darum bittet, einzuspringen. Als ich sehe, dass es mein Vater ist, zucke ich etwas zusammen. Nur widerwillig nehme ich das Gespräch an.

„Hallo?"

„Ich habe lange nichts von dir gehört. Also habe ich mir gedacht, ich rufe dich an und erinnere dich daran, dass du noch einen Vater hast." Mein Dad klingt etwas aufgeregt, und ich bereite mich auf den Streit vor, der sicherlich gleich losgeht.

„Es tut mir leid. Ich habe momentan wirklich viel auf Arbeit zu tun und muss mich ranhalten, um meine täglichen Aufgaben zu erledigen, verstehst du? Es ist keine Absicht, so viel Zeit zwischen meinen Anrufen verstreichen zu lassen." Ich bete innerlich darum, dass er es dabei belässt, doch an seiner Stimme merke ich, dass er das nicht vorhat.

„Meiner Meinung nach würdest du dich mehr darum bemühen, mit mir zu reden, wenn ich dir wichtig wäre."

„Schau mal Dad, es tut mir leid, dass ich so beschäftigt war -" Mein Erklärungsversuch wird gleich von ihm unterbrochen.

„Ich will keine Ausreden hören! Nun, wie steht es mit deinen Finanzen? Verdienst du bei deinem neuen Job genug?" Ich zucke wieder zusammen. Ich habe diesen Job jetzt seit einigen Monaten, er ist also nicht mehr ganz neu. Ich weiß, dass mein Vater große Hoffnungen hat, dass ich viel mehr Geld verdiene, als es tatsächlich der Fall ist.

„Ich komme klar. Ich tue, was ich kann, um meine Aufgaben pünktlich zu erledigen. Aber wie gesagt, mit dem engen Terminkalender fällt es manchmal schwer zu sagen, wie es mir genau geht." Ich lache, doch an seiner Atmung merke ich schon, dass er das nicht so witzig findet wie ich.

„Aber egal, wie geht es dir?" Ich versuche, das Thema schnell zu wechseln. „Ich habe eine Weile nichts von dir gehört, und ich hatte gehofft, dass du mich anrufst", lüge ich. Ich weiß, dass mein Vater mich nur anruft, um sich über etwas zu beschweren, wahrscheinlich über mich, doch es klingt einfach besser, anstatt ihm zu sagen, dass ich diese Phasen des Schweigens zwischen uns sehr schätze.

„Ach, weißt du. Ich versuche, mich um mich selbst zu kümmern, seit mein einziges Kind sich offensichtlich einen Scheiß für mich interessiert." Wie erwartet versucht er, mich zu manipulieren, und ich tue mein Bestes, um es zu ignorieren.

„Daddy, du weißt, dass das nicht stimmt. Ich habe nun mal mein eigenes Leben, und ich versuche mich auf die täglichen Dinge zu konzentrieren. Ich werde immer Zeit für dich haben, wenn du mich brauchst!" Ich hoffe, dass mein gespielter Enthusiasmus überzeugend klingt. Sein Seufzen sagt mir aber, dass er noch immer nicht beeindruckt ist.

„Daddy, ich muss wirklich Schluss machen. Du hast mich gerade noch für ein kurzes Hallo erwischt, denn ich bin eigentlich auf dem Sprung zur Arbeit. Du weißt ja, wie das ist." Ich würge ihn ab und lege den Hörer auf, bevor er wieder anfangen kann, sich zu beschweren. Das Letzte, was ich im Moment brauche, ist eine Auseinandersetzung mit meinem Vater. Mir gehen im Moment schon genug Dinge durch den Kopf.

Ich starre an die Decke und bekämpfe den Drang, mir ein zweites Glas Wein einzuschenken. Ich kann es mir nicht erlauben, mich zu betrinken, da ich morgen schon früh auf Arbeit sein muss. Das klingt genauso vernünftig wie die Idee, die Dinge mit meinem Vater in Ordnung zu bringen.

Ich richte meine Aufmerksamkeit wieder auf den Bildschirm und versuche, meinen Vater aus dem Kopf zu bekommen. Aus dem Augenwinkel kann ich sehen, dass Tanner auch im Messenger eingeloggt ist. Ich zögere, mein Herz rast.

Es ist Jahre her, dass ich mit ihm gesprochen habe. Über die Jahre habe ich oft gesehen, dass er eingeloggt war. Doch ich habe sein Icon ausgeblendet, um nicht in Versuchung zu kommen, ihn anzuschreiben. Wir waren zwar nicht lange zusammen, doch er hat immer einen kleinen Platz in meinen Gedanken eingenommen. Ich möchte behaupten, dass ich über ihn weg bin, doch ehrlich gesagt habe ich das Gefühl, dass ich mit ihm nie wirklich abgeschlossen habe.

Und dann wurde er plötzlich Vater. Nicht zu vergessen, dass er von heute auf morgen die Stadt verließ und nie wiederkam. Es scheint einfach sinnlos, alte Gefühle und alte Schwärmereien wieder aufzuwärmen. Doch ich kann dem Wunsch nicht widerstehen und sende ihm eine kurze Nachricht.

Hey! War gestern Abend bei eurem Auftritt! Siehst gut aus!

Als ich sehe, dass er die Nachricht gelesen hat und eine Antwort schreibt, schlägt mir das Herz bis zum Hals.

Hey! Es ist eine Weile her. Schön, von dir zu hören. James hat erzählt, dass er dich vorhin getroffen hat. Verrückt oder? Wie geht es dir?

Mein Herz rast weiter, während wir uns Nachrichten hin und her schicken. Es fühlt sich so toll an, sich nach all der Zeit wieder mit ihm zu unterhalten. Es gibt so viel, was ich ihm sagen möchte. Doch im Laufe der Unterhaltung merke ich, dass er versucht, sie zu beenden. Aber vielleicht bin ich auch nur paranoid.

Schließlich frage ich ihn einfach.

Nein, es ist nicht wegen dir. Ich hatte neulich eine aufwühlende Unterhaltung mit Caitlyn Thomas. Erinnerst du dich an sie? Sie macht es mir nicht leicht, meine Tochter zu sehen. Und das ist wirklich alles, was ich will.

Ich atme tief durch und fühle mich ein wenig in der Zwickmühle. Ich weiß, dass ich das für ihn einfädeln kann, und ein Teil von mir will ihm helfen. Aber gleichzeitig löst die Erwähnung seiner Ex und der gemeinsamen Tochter ein merkwürdiges Gefühl von Eifersucht bei mir aus.

Was, wenn wir uns nie getrennt hätten? Hätten wir jetzt ein gemeinsames Kind?

Doch dann kommt mir ein anderer Gedanke. Wenn ich ihm dabei helfe, seine Tochter zu sehen, rückt mich das vielleicht in ein gutes Licht. Vielleicht will er sogar unsere alte Freundschaft wieder aufleben lassen. Bevor wir ein Paar wurden, waren wir wirklich gute Freunde und abgesehen von den verwirrenden Gefühlen, die ich ihm gegenüber habe, vermisse ich diese Freundschaft.

Nach einem Moment des Zögerns beginne ich zu schreiben.

Weißt du, Caitlyn ist Patientin an meiner Klinik. Ich darf dir natürlich keine Details nennen, vermutlich darf ich dir nicht einmal das sagen, aber wenn du deine Tochter sehen möchtest; sie bringt sie üblicherweise mit zu ihren Terminen. Ich kann dir die Zeit nennen, und du könntest ihnen „zufällig" über den Weg laufen.

Mein Herz pocht wie wild, als ich auf senden drücke. Ich könnte meinen Job verlieren, wenn er das meldet, und ich bete, dass er wegen meiner Unprofessionalität nicht ausrastet. Als er seine Antwort tippt, bleibt mir beinahe das Herz stehen.

Würdest du das tun?

Erleichtert lehne ich mich in meinem Stuhl zurück und lächle. Das wird nicht einfach, auch wenn er mitspielt. Ich bin mir aber sicher, dass wir das hinkriegen können, und ich will ihm unbedingt helfen.

Ich warte noch einen Moment, bevor ich meine Antwort formuliere.

Du weißt, dass ich das tue.

Wir müssen aber vorsichtig sein. Ich könnte dafür in ernsthafte Schwierigkeiten kommen ...

Unsere Unterhaltung läuft noch einige Stunden weiter, und wir reden über seine Tochter und darüber, wie es uns in den vergangenen Jahren ergangen ist. Unsere Unterhaltung ist geprägt von den verspielten Neckereien, die wir als Teenager so gut beherrschen. Je mehr Aufmerksamkeit er mir schenkt, desto stärker kommen diese alten Gefühle wieder hoch. Ich weiß, dass es gefährlich ist, zu viel darüber nachzudenken, aber ich kriege ihn einfach nicht aus dem Kopf.

Es wird spät, und ich muss mich langsam ausloggen und schlafen gehen. Ansonsten werde ich es morgen wohl kaum pünktlich zur Arbeit schaffen. Ich sage ihm das und warte gespannt auf seine Antwort.

Klingt gut. Ruh dich aus, du Scherzkeks. Danke nochmal, dass du das für mich tust. Ich komme vorbei, um Caitlyn zu treffen, so schnell ich kann.

Ich lese die Nachricht und logge mich aus. Ich versuche

dabei zu lächeln, denn eigentlich sollte ich stolz darauf sein, dass ich dieses Treffen zwischen ihm und seiner Tochter arrangiere. Doch ich kann dieses Gefühl von Eifersucht oder Reue – was es auch ist – einfach nicht abschütteln.

Ich will nicht an ihn und Caitlyn denken. Ich will mich nur darauf konzentrieren, dass er seine Tochter wiedersehen kann. Das hat er verdient.

Und dank mir sieht er sie früher, als er dachte.

KAPITEL ZEHN

Tommy

Mein Herz schlägt immer schneller, während ich mir das Telefon ans Ohr halte. Ich habe seit Jahren nicht mehr mit Nikki Marlowe gesprochen, und ich weiß auch gar nicht genau, was ich ihr sagen soll. Ich kann mich vage daran erinnern, dass sie immer mit den anderen Kindern in der Nachbarschaft herumhing. Zumindest glaube ich mich daran zu erinnern.

Als James mir erzählt hat, dass er sie zufällig getroffen hat, spürte ich eine ganze Welle an Emotionen in mir aufsteigen. Ich fand sie schon immer süß, und sie und Tanner waren ein schönes Pärchen. Als sie älter wurde, habe ich oft daran gedacht, dass ich irgendwie mehr von ihr wollte. Doch zu dem Zeitpunkt, als Tanner und sie sich getrennt haben, habe ich mich mehr um die Band gekümmert, als um alles andere.

Nicht zu vergessen, dass sie knapp sieben Jahre jünger war. Als sie mit Tanner zusammen war, sah sie so jung und unschuldig aus, dass ich nicht mal gewagt hätte, irgendwas von ihr zu wollen. Bereits durch die Tatsache, dass ich sie attraktiv fand, fühlte ich mich wie ein geiler, alter Bock. Dabei war ich damals selbst gerade erst Anfang zwanzig.

Und dann habe ich sie vollkommen vergessen.

„Hallo?", ertönt ihre Stimme durch den Hörer und lenkt mich von meinen Gedanken ab. Eine süße und bekannte Stimme – ein Klang, wie eine frische Brise.

„Hey, hier ist Tommy Bridges. Vielleicht erinnerst du dich an mich?", frage ich schnell.

„Natürlich! Tommy! Ich war neulich Abend bei eurer Show und fand sie großartig. Und dann traf ich James vor ein paar Tagen in der Stadt im Diner. Erinnerst du dich noch daran?" Das tue ich. Ich erzähle ihr, dass James mir ihre Nummer gegeben hat, und sie lacht.

„Das habe ich mir schon gedacht. Ich gebe sie nicht vielen Leuten, und ich kann mir nicht vorstellen, dass die Leute, die meine Nummer haben, sie so schnell weitergeben."

„Wirst du denn oft eingeladen?", frage ich. Die Worte sind raus, bevor ich darüber nachdenken kann, und sie lacht erneut.

„Oh, hin und wieder. Ich bin nicht mehr das hässliche Entlein, als das du mich mal bezeichnet hast, weißt du." Ich winde mich etwas. Ich hatte gehofft, sie hätte das vergessen, aber das hat sie wohl nicht. Ich habe diese Bemerkung gar nicht ernst gemeint, doch sie hat sie offensichtlich ernst genommen.

„Ich habe dich nur geärgert, weißt du. Du warst alles andere als hässlich. Jedenfalls ..." Ich atme tief durch und hoffe, sie belässt es dabei. „Ich wollte einen Besuchstermin bei meinem Vater vereinbaren. Ich will aber nicht, dass die Medien etwas davon mitkriegen, wenn du verstehst. Können wir das vielleicht persönlich besprechen?" Schon wieder bin ich mir nicht sicher, warum ich so schnell spreche. Ich bin aber auch überrascht, dass sie so schnell zustimmt.

„Treffen wir uns in Greenie's Coffeehouse. Mir gefällt es dort", sagt sie.

Wir legen eine Zeit fest und beenden das Gespräch. Ich seufze. Ich weiß nicht, ob ich mich anständig anziehen soll oder ob meine Alltagsklamotten ausreichen. Die Frage hat sich schnell erledigt.

Ich ziehe mich so an, wie immer.

„Tommy! Hier drüben!" Sie winkt mich an ihren Tisch heran, und mir bleibt fast das Herz stehen. Ich habe James ja geglaubt, als er mir gesagt hat, dass sie heiß geworden ist – süß war sie ja schon immer – aber das hatte ich nicht erwartet. Ich kann kaum glauben, was ich da sehe.

Sie ist viel älter, als ich sie in Erinnerung habe. Zumindest sieht sie älter – und tausendmal schärfer – aus, als ich sie in Erinnerung habe. Ihre Wangen sind gerötet, und zur Begrüßung umarmt sie mich.

„Es ist schön, dich zu sehen!", sagt sie, während wir uns hinsetzen. Es dauert einen Moment, bis ich meine Stimme wiedergefunden habe. Doch dann bin ich in der Lage, zu sprechen.

„Es ist auch schön, dich zu sehen. Das ist es wirklich", versichere ich ihr. Ich kann meinen Blick nicht von ihrem Körper abwenden, doch ich zwinge mich dazu, ihr in die Augen zu sehen. Sie lacht, und ich sehe, dass ihr meine offensichtliche Aufmerksamkeit schmeichelt. Dennoch lenkt sie das Gespräch direkt auf meinen Vater.

„Ich will nur klarstellen, dass er kein Drama veranstalten will. Sein Verhalten von damals tut ihm leid, und er möchte die Dinge mit euch in Ordnung bringen. Er weiß nur nicht wie." Während sie spricht, starrt sie in ihre Kaffeetasse, und mir fällt es weiterhin schwer, meinen Blick von ihr zu nehmen.

„Das will ich auch. Kein Drama, sondern Zurückhaltung. Ich weiß nicht, wie viele meiner Brüder mich begleiten werden oder ob überhaupt mehr von uns zur gleichen Zeit auftauchen werden. Aber wie gesagt, ich will nicht, dass dieser Mist in den Nachrichten auftaucht." Ich sehe sie eindringlich an und sehe an ihrer Mimik, dass sie amüsiert ist.

„Ja, ich verstehe. Das hast du jetzt ein paar Mal erwähnt, und ich kann dir versichern, dass du dich entspannen kannst. Ich werde natürlich nichts machen, was euch oder ihn in Verlegenheit bringen würde. Du kannst sicher sein, dass ich so etwas niemals tun würde." Sie lächelt erneut, und ich entspanne mich etwas.

Logistisch bedeutet dieses Treffen zwischen uns und unserem Vater einfach nur Stress, und ich weiß nicht, wie es meinen Brüdern geht, aber ich hoffe, dass alles so ruhig wie möglich abläuft. Wenn das alles so stimmt, was sie sagt, dann klingt ein Treffen mit ihm gar nicht so schwierig.

Doch andererseits, nur weil es einfach ist, dieses Treffen zu arrangieren, heißt das ja nicht, dass es auch eine gute Idee ist. Solche Dinge klingen anfangs immer gut, bis zu dem Zeitpunkt, an dem ich dann wirklich mit ihnen konfrontiert werde. Dann will ich es meist nur noch so schnell wie möglich hinter mich bringen.

„Gut, das ist eine Erleichterung", entgegne ich ihr wahrheitsgemäß. Und während ich sie so ansehe, wie sie mir lächelnd gegenübersitzt, tut es mir plötzlich leid, dass unser Treffen nur so kurz sein soll. „Du bist jetzt also Therapeutin? Wie kam es dazu? Was hast du sonst so in den letzten Jahren getrieben?"

Es fällt uns leicht, eine Unterhaltung zu führen, und so reden wir über ihr Leben und über meines - und ich kann einfach nicht glauben, wie erwachsen sie geworden ist. Sie kommt mir wie ein ganz neuer Mensch vor, und ich möchte sie besser kennenlernen.

„Hey, möchtest du morgen Abend mit mir was trinken gehen? Nur wie beide. Ich würde mich gerne mit dir unterhalten, wenn ich nicht so angespannt wegen meines Vaters bin", sage ich lächelnd. Ich weiß nicht, was zum Teufel mit mir los ist; ich bin nervös. Und ich kann mich nicht erinnern, wann ich das letzte Mal nervös war.

Es macht eigentlich keinen Sinn, meine Zeit hier zu verbringen, und mit einer Frau auszugehen, wenn mein Terminkalender schon brechend voll ist. Ich möchte aber noch etwas in ihrer Nähe sein. Ich kann nicht genau sagen warum, abgesehen von der Tatsache, dass sie mich an zuhause erinnert. Sie ruft gute Erinnerungen in mir wach. Ich hatte vergessen, wie viele gute Erinnerungen ich an diesen Ort habe. Ich möchte gar nicht alles vergessen, was mit dieser kleinen Stadt zu tun hat.

Tatsächlich gibt es einige Ecken in dieser Stadt, die ich gerne noch einmal sehen möchte. Ich bin vielleicht zum letzten Mal hier, und dann möchte ich die Möglichkeit auch nutzen.

Sie dreht sich lächelnd zu mir um, und ich kann in ihren Augen sehen, dass sie sich von meiner Einladung geschmeichelt fühlt. Sie hat unschuldige Augen, als hätte sie in ihrem ganzen Leben noch keine einzige Lüge erzählt. Das ist erfrischend.

„Das würde ich gerne", sagt sie. Ihre Worte zaubern mir ein Lächeln auf die Lippen, und ich nicke leicht.

„Großartig. Abgemacht."

KAPITEL ELF

James

„Ich sage nur, dass ich es lieber mit allen zusammen hinter mich bringe, anstatt dass jeder nach und nach dort eintrudelt. Glaubt ihr nicht, dass Dad uns alle zusammen sehen möchte? Dann müssen wir auch nicht befürchten, es nochmal tun zu müssen, und wir können uns wieder darauf konzentrieren, von hier wegzukommen." Tommy klingt etwas genervt, aber ich höre ihm nicht richtig zu.

Er will den Besuch bei Dad heute Nachmittag erledigen. Obwohl mir eigentlich kein Grund einfällt, warum das Treffen mit Dad für uns nicht gut ausgehen sollte, will ich nicht derjenige sein, der das meinen Brüdern erklärt. Es ist uns allen klar, dass wir den Mann irgendwann besuchen müssen, aber wir wollen nicht daran denken, weshalb uns die wahre Bedeutung hinter diesem Treffen wohl gar nicht klar ist.

Doch Tommy bleibt hartnäckig und wenn mein Bruder in

einer Sache wirklich gut ist, dann darin, das zu kriegen, was er will – und zwar sofort.

Ich rede mit ihm über Lautsprecher und texte gleichzeitig mit Nikki. Wir reden seit Tagen regelmäßig miteinander, während Joe sich um die Flugtickets kümmert, und ich muss sagen, mir gefällt der neckische Ton, den unsere Unterhaltungen angenommen haben.

Es gab eine Zeit, da fand ich sie in jedem Sinne des Wortes bezaubernd. Ich hatte schon immer eine Schwäche für sie, schon bevor sie mit Tanner zusammen war. Als die beiden anfingen, sich zu verabreden, war sie natürlich tabu, und ich denke, ich habe sie einfach aus meinen Gedanken verdrängt. Nun habe ich ein schlechtes Gewissen, dass ich während der letzten Jahre überhaupt nicht mehr an sie gedacht habe.

Mich hindert jedoch nichts daran, diesen Fehler wieder in Ordnung zu bringen. Ich bezweifle stark, dass Tanner etwas dagegen hat. Er ist während unseres gesamten Aufenthalts von anderen Dingen abgelenkt. Er denkt vor allem an seine Tochter und daran, wie er mit seiner Ex umgehen soll. Sogar als ich ihm erzählt habe, dass ich Nikki im Diner begegnet bin, hat er nicht viel gesagt.

Klar, er zeigte ein wenig Interesse daran, worüber wir uns unterhalten haben, aber ich hatte nicht das Gefühl, dass er noch Gefühle für sie hat.

„Mann, bist du noch da? Verschwende nicht meine verdammte Zeit und antworte!" Tommys harscher Tonfall holt mich zurück in die Realität. Bevor ich Tommy antworte, versende ich noch schnell eine Nachricht an Nikki, in der ich sie frage, wo sie derzeit denn so hingeht.

„Ja, ich bin noch da, und ich verstehe, was du sagst. Ich finde die Idee zwar immer noch dumm, aber solange Nikki als Beistand dabei ist, glaube ich, können wir es versuchen. Du hast ihr doch gesagt, dass wir die Medien da raushalten wollen, oder?", frage ich. Er bestätigt mir das, und ich höre, dass mein Telefon erneut klingelt.

Ich brauche eine Menge Selbstbeherrschung, um nicht sofort draufzuschauen, aber ich weiß, dass Tommy direkt auflegen wird, wenn er merkt, dass ich mit den Gedanken wieder ganz woanders bin.

„Gut. Ich will nicht, dass das in den Lokalnachrichten, den Zeitungen oder weiß Gott wo herumgeht. Bringen wir es einfach hinter uns und haken es ab", sage ich.

„Ich will, dass wir so schnell wie möglich von hier verschwinden. Hast du mit Greg oder Joe gesprochen?", fragt Tommy.

Ich zucke etwas zusammen, als er über die Abreise redet. Schon klar, keiner von uns hatte es wirklich eilig, hierherzukommen, und wir wollten so schnell wie möglich auch wieder weg, aber es macht mir Spaß, mit diesem Mädchen zu reden.

Seit langer Zeit habe ich wieder das Gefühl, eine Verbindung zu einer anderen Person aufgebaut zu haben, und ich habe es nicht eilig, wieder in das einsame Leben zurückzukehren, dass ich lebe. Klar, das Leben als Rockstar kann traumhaft sein, aber es kann mit der Zeit auch sehr einseitig werden.

„Nein. Ich dachte, du kümmerst dich darum?", frage ich.

Er flucht leise vor sich hin. „Ich versuche es, aber du weißt, wie Joe ist, wenn er sich über Verkäufe freut. Er scheint zu vergessen, dass wir drei Tage im Rückstand sind und mit der Tour weitermachen müssen. Ich bin kurz davor, alles selbst in die Hand zu nehmen und uns die Tickets zu besorgen." Er klingt gereizt, und ich habe das Gefühl, dass mir die Hände gebunden sind.

Ich habe es nicht besonders eilig, von hier zu verschwinden, aber das soll er nicht wissen. Und vor allem soll er den Grund dafür nicht erfahren.

„Ich rufe Joe jetzt an und melde mich bei dir, wenn ich etwas von ihm gehört habe. Wir finden schon einen Weg, aber ich denke, es wäre vielleicht besser, die nächsten beiden Termine abzusagen und direkt nach New York zu reisen, wenn es soweit ist." Tommy seufzt, und für einen Moment hat er meine volle Aufmerksamkeit.

„Ich glaube nicht, dass das allzu großen Schaden anrichtet. Wir können die Auftritte nachholen und sagen, dass es sich um einen Notfall in der Familie handelt – die Fans werden hoffentlich nicht allzu sehr verärgert sein." Ich versuche, ermutigend zu klingen, und höre Tommy am anderen Ende der Leitung leise lachen.

„Ich kann dir versprechen, die Leute werden sich ärgern, aber Shit happens. Jedenfalls, schicke den anderen eine Nachricht und sage ihnen Bescheid, dass wir Dad heute Nachmittag besuchen, und sage ihnen auch, dass ich jeden von ihnen dort sehen will." Ich versichere ihm, mich darum zu kümmern, und verabschiede mich von ihm.

Doch zuerst werde ich mich noch ein wenig mit Nikki unterhalten.

Sofort, als das Gespräch mit Tommy beendet ist, beantworte ich ihre Nachrichten.

Entschuldige, ich musste mit Tommy blödsinniges Zeug besprechen. Ich bin froh, dass ihr das mit dem Besuch geklärt habt. Er macht sich immer viel zu viel Stress über alles Mögliche.

Es vergehen nur Sekunden, bis sie antwortet.

Ich weiß! Er schien bei unserem Treffen gestern auch so abgelenkt zu sein. Egal. Ich bin mir sicher, sobald wir das alles geklärt haben, wird er wieder ganz der Alte sein.

Ich muss schmunzeln. Sie hat ja keine Ahnung, was das mittlerweile bedeutet. Sie hat ihn so lange nicht gesehen; ihr Bild von ihm unterscheidet sich doch stark von meinem.

Du meinst, er wird wieder ein totales Arschloch? Lachend schicke ich ihr die Nachricht.

Seid ihr Jungs das nicht alle?

Ich liebe es, dass sie so ungezwungen ist und mich neckt. Während ich über meine Antwort nachdenke, erinnere ich mich daran, wie eilig Tommy es hat, die Stadt zu verlassen. Wenn ich mehr Zeit mit Nikki verbringen will, dann muss ich sie um eine Verabredung bitten. Und das besser früher als später.

So könnte man es sagen, aber du hast uns trotzdem lieb. So, wie wäre es mit einem Drink heute Abend? Vielleicht keine schlechte Idee, um nach dem Treffen mit Dad etwas runterzukommen.

Ich starre auf mein Telefon, und meine Hände werden plötzlich feucht. Ich kann mich nicht daran erinnern, wann ich das letzte Mal nervös gewesen bin, als ich ein Mädchen um eine Verabredung gebeten habe. Ungläubig schüttle ich den Kopf; ich bin ein Rockstar, der kein Problem damit hat, eine Frau zu kriegen. Doch wenn es um diese Frau geht, sitze ich plötzlich hier und bin aufgeregt wie ein Schuljunge.

Endlich kommt ihre Antwort.

Das würde ich eigentlich gerne, aber ich habe schon Pläne mit jemandem. Würde es dir passen, wenn wir uns morgen treffen?

Ich bin etwas enttäuscht. Aber warum sollte mich das überraschen? Ein so hübsches und charmantes Mädchen hat sicher einige Angebote. Andererseits, wenn sie bereitwillig zusagt, sich mit mir zu treffen, sobald sie Zeit hat, ist ihre Verabredung heute Abend vielleicht nichts Ernsthaftes.

Sicher. Das passt mir. Wir sehen uns dann morgen Nachmittag.

Ich sende die Nachricht, lehne mich in meinem Stuhl zurück und lächle, als ich die Smiley-Emojis sehe, die sie mir noch geschickt hat. Ich fahre mir mit den Händen durchs Haar und denke darüber nach, wie sehr sich dieses Mädchen verändert hat.

Ein Teil von mir kann sie sich ernsthaft als etwas Festes vorstellen. Als feste Freundin, vielleicht sogar als Ehefrau. Sicher, wir reden erst seit ein paar Tagen wieder miteinander, aber vor Jahren habe ich fast jeden Tag mit ihr verbracht. Ich kann in ihr noch immer das kleine Mädchen sehen, das meinem Bruder hinterhergelaufen ist, wie ein kleiner Hund.

Aber gleichzeitig sehe ich jetzt so viel mehr.

Ich öffne eine Flasche Bier und während ich einen großen Schluck nehme, stelle ich mir vor, wie wohl der Nachmittag mit meinem Vater und meinen Brüdern verlaufen wird. Ein Teil von mir ist froh, dass Nikki dabei sein wird. Es ist sogar so, dass ich sie dabei haben will. Es fühlt sich beinahe so an, als müsste ich sie dabei haben.

Das erste Mal seit langer Zeit geht mir eine Frau nicht mehr aus dem Kopf.

Und das will ich auch gar nicht.

KAPITEL ZWÖLF

Tanner

„Weil ich ja alle Zeit der Welt dafür habe", murmle ich vor mich hin, als ich eine kurze Antwort an meinen Bruder schicke. Ich dachte, wir würden unseren Vater heute Nachmittag in der Klinik treffen, doch James hat mir in einer zweiten Nachricht mitgeteilt, dass wir den Besuch auf den nächsten Tag verschieben.

Da ich ohnehin vorhatte, dort zu sein, um meiner Ex zu begegnen, fand ich es auch keine große Sache, anschließend meinen Vater dort zu besuchen. Nun muss ich diesen gottverdammten Ort ein zweites Mal aufsuchen.

James schickt mir eine dämliche Antwort, die ich aber ignoriere. Ich bin viel zu angespannt, um mir darüber Gedanken zu machen, was sie vorhaben, und ehrlich gesagt mache ich mir immer noch Sorgen darüber, meine Tochter zu sehen.

Ein Auto fährt auf den Parkplatz, und ich erkenne meine Ex.

Sie stellt den Wagen auf einem Parkplatz ab, der nicht weit

von dem entfernt ist, auf dem ich geparkt habe. Lächelnd und möglichst unauffällig steige ich aus. Mir schlägt das Herz bis zum Hals, als ich auf sie zugehe, dann bleibt Caitlyn plötzlich stehen, sie trägt Arya auf dem Arm.

„Tanner! Was machst du hier?", keift sie mich an.

„Daddy!", ruft Arya, streckt ihre Arme aus und macht deutlich, dass Caitlyn sie herunterlassen soll. Sobald Caitlyn sie abgesetzt hat, rennt sie auf mich zu und wirft ihre Arme um mich.

„Ich habe dich so vermisst!", sage ich und drücke mein Gesicht in ihre langen, braunen Haare.

„Ich habe dich auch vermisst, Daddy!", schreit Arya erfreut.

Caitlyn andererseits sieht immer noch sehr angepisst aus.

„Du bist mir gefolgt!", motzt sie mich an.

„Nein! Ich wollte meinen Vater besuchen, doch dann habe ich erfahren, dass ich ihn heute nicht sehen kann. Ich wollte gerade wieder zu meinem Auto gehen, als ich euch gesehen habe. Ich bin dir nicht gefolgt, das schwöre ich." Ich will nicht, dass sie irgendetwas Verrücktes macht, z.B. mir Arya wegnehmen. Ich bin überrascht, dass sie sich etwas entspannt.

„Ich habe gehört, dass er hier ist. Wie geht's ihm?", fragt sie.

„Ganz gut, glaube ich. Es ist nicht so leicht, den richtigen Zeitpunkt zu erwischen, an dem wir ihn alle besuchen können. Du siehst übrigens gut aus." Zum ersten Mal richte ich meine volle Aufmerksamkeit auf Caitlyn, und ich muss zugeben, ich bin etwas überrascht von dem, was ich sehe. Sie hat die gesamten Schwangerschaftspfunde verloren und treibt offensichtlich Sport.

Sie ist noch genauso hübsch wie früher. Mir fällt auf, dass sie versucht, mich nicht zu mustern, doch das gelingt ihr nicht besonders gut.

„Du siehst auch gut aus", erwidert sie schließlich.

Jemand verlässt die Klinik, und ich bin überrascht, ein

weiteres, bekanntes Gesicht zu sehen. Nikki taucht auf dem Parkplatz auf, und sie sieht wesentlich besser aus, als ich sie in Erinnerung habe.

„Nikki! Wie schön, dich zu sehen", sage ich und umarme sie leicht.

„Mir war, als hätte ich einen Tumult gehört und wollte mal nachsehen, was los ist", sagt sie mit einem Augenzwinkern. Glücklicherweise ist Caitlyn das entgangen.

„Ich habe gerade gesagt, dass es mich überrascht hat, ihn hier zu sehen. Ich dachte, ich würde ihn erst in ein paar Tagen sehen" erklärt Caitlyn, bevor sie fortfährt. „Für Arya jedenfalls, war es eine schöne Überraschung."

„Das freut mich", sagt Nikki und lenkt ihren Blick von meiner Tochter zu mir. Ich durchschaue sie nicht mehr so gut wie früher, dafür ist zu viel Zeit vergangen, doch es kommt mir vor, als wolle sie die Dinge hier beschleunigen.

„Mr. Harvey hat jetzt Zeit, falls du mit deiner Sitzung anfangen willst", informiert sie Caitlyn, die zustimmend nickt.

„Das wäre toll. Ich muss mich anschließend noch um ein paar Dinge kümmern." Sie zögert, und ich sehe ihr an, dass sie über etwas nachdenkt. Schließlich zieht sie die Schultern hoch und streckt Arya ihre Hand entgegen.

„Komm Schätzchen, wir müssen reingehen."

„Nein! Ich will bei Daddy bleiben!", erwidert Arya. Da ich weiß, dass das böse ausgehen kann, beuge ich mich wieder zu ihr herunter.

„Arya, du solltest jetzt mit Mommy gehen. Ich sehe dich in ein paar Tagen wieder, okay?" Ich lächle und umarme sie, aber sie fängt an zu weinen.

„Nein, ich will bei dir bleiben! Ich will bei dir bleiben!", schreit sie.

„Na schön!" Na schön!" Caitlyn gibt widerwillig nach. „Ich würde es zu schätzen wissen, wenn du sie heute Nachmittag nehmen könntest, Tanner. Aber bringe sie bitte um fünf Uhr nach Hause. Texte mir, und ich schicke dir die Adresse", sagt Caitlyn seufzend.

Dieser Vorschlag lässt mein Herz höher schlagen, und ganz spontan stehe ich auf und umarme sie. Sie tut so, als würde sie mir das übelnehmen, aber ich erkenne ein Lächeln auf ihren Lippen.

„Ich gehe mich anmelden. Du hörst auf Daddy, Arya", sagt sie, und es ist ganz deutlich, dass sie weg will, bevor die Situation richtig merkwürdig wird.

„Ich komme sofort!", ruft Nikki ihr hinterher. Caitlyn geht bereits durch die Türe, und Nikki sieht mich mit einem breiten Lächeln an.

„Klingt, als wirst du einen tollen Nachmittag haben", sagt sie augenzwinkernd.

„Vielen Dank, Nikki", sage ich so leise, dass Arya es nicht hört. Das Letzte, was ich gebrauchen kann, ist, dass Caitlyn erfährt, dass das Ganze hier geplant war. Arya ist zwar noch klein, aber nicht dumm, und es würde mich nicht überraschen, wenn sie Caitlyn gegenüber etwas sagen würde.

„Das rechne ich dir ganz hoch an. Ich werde mich dafür revanchieren, versprochen!", sage ich.

„Ich bin gespannt darauf, wie", antwortet Nikki mit einem breiten Lächeln und einem Augenzwinkern. Ich blicke sie mit hochgezogenen Augenbrauen an, doch sie gibt mir keine Chance, zu antworten. Mein Blick wandert zu ihren sexy schwingenden Hüften, als sie zurück in die Klinik geht. Dann dreht sie sich noch einmal um und schenkt mir ein weiteres, verschmitztes Lächeln, bevor sie im Gebäude verschwindet.

Interessant, denke ich. Kann es sein, dass die kleine Nikki Marlow immer noch Gefühle für mich hat? Ich schüttle den Kopf und verabschiede mich schnell von diesem Gedanken. Ich kann nicht davon ausgehen, dass jede meiner Exfreundinnen noch etwas für mich empfindet. Außerdem kenne ich Nikki nicht gut genug, um etwas aus einem Augenzwinkern deuten zu können. Es ist viel Zeit vergangen, seit wir zusammen waren.

Abgesehen davon denke ich, als ich meine Tochter ansehe, wenn ich wieder mit einer Ex zusammenkomme, dann sollte das vermutlich Caitlyn sein. Das würde alles so viel *einfacher* machen, sage ich mir selbst und nehme Arya an die Hand.

Wir können eine Familie sein, flüstert meine innere Stimme.

Ich schüttle meinen Kopf. *Nein, das können wir nicht. Manche Dinge sind einfach unmöglich.*

KAPITEL DREIZEHN

Nikki

Ich bin nervös, als ich mich für die Verabredung mit Tommy fertig mache. Ohne Zweifel hat die Rückkehr der Bridges-Jungs mir den Kopf verdreht – das wirkt sich auch auf meine Entscheidungen aus.

Es war schön, Tanner vorhin auf dem Parkplatz zu begegnen, doch es war auch schwieriger, als ich mir vorgestellt habe. Jedes Gefühl von Eifersucht und Reue, das ich schon gespürt habe, als wir Nachrichten ausgetauscht haben, kam mit voller Wucht in mir hoch, als ich ihn zusammen mit Caitlyn und seiner Tochter gesehen habe.

Der intensive Blick, den er ihr geschenkt hat, hat sein Übriges dazu beigetragen. Ich dachte, zwischen ihnen sei es endgültig vorbei, doch während ich dort mit beiden stand, konnte ich die Spannung zwischen ihnen beinahe mit den Händen greifen.

Und ich fühle mich wegen der ganzen Situation noch schlechter, als Caitlyn mich nach ihrer Sitzung auf dem Flur anspricht.

„Ich wollte mich nur bei dir entschuldigen für das, was du vorhin auf dem Parkplatz gesehen hast. Es ist ... mühselig mit Tanner. Ich weiß, dass ihr mal etwas miteinander hatte, ich schätze, dann weißt du auch, dass er nie gut mit Konflikten umgehen konnte." Ich nicke verständnisvoll, aber um ehrlich zu sein, kann ich es nicht nachvollziehen. Sie fährt fort. „Weißt du, ich habe einmal gedacht, dass er der Mann ist, den ich heirate. Doch dann ist er einfach gegangen. Und der ständige Kontakt mit ihm, seit Arya da ist ... das ist nicht einfach."

Sie sieht so traurig und hin- und hergerissen aus, dass ich nicht weiß, was ich tun soll. Hier stehe ich also, fädele hinter ihrem Rücken Intrigen ein und giere still dem Vater ihrer Tochter nach – der zudem noch mein Ex ist. Und dennoch steht sie jetzt vor mir und schüttet mir ihr Herz aus.

Ich verfalle wieder in den Therapeuten-Modus und versuche mit der Situation so objektiv wie möglich umzugehen. „Zuerst einmal: du hast keinen Grund, dich zu entschuldigen." Das meine ich ernst. „Und ich bin mir sicher, dass sich alles klären wird. Es ist ganz klar, dass ihr beide euch um Arya sorgt – und um euch." Bei diesen Wort spüre ich einen kleinen Stich in meiner Brust. Doch hier geht es darum, das Richtige zu tun und nicht um meine Eifersucht. „Es wird schon alles gut werden", sage ich wieder und hoffe, dass die Unterhaltung damit beendet ist. Ich möchte nicht noch weitere Details ihrer Beziehung besprechen.

„Vielen Dank, Nikki", erwidert sie und drückt dankbar meinen Arm. „Das zu hören, beruhigt mich tatsächlich. Natürlich sagt mein Therapeut genau das Gleiche, aber es tut gut, es von jemandem zu hören, der an der ganzen Sache etwas näher dran ist", sagt sie ehrlich. Ich lächle ein weiteres Mal, und sie geht. Beim Verlassen wirken ihre Schritte wesentlich leichter als beim Betreten des Gebäudes.

Doch die Situation verfolgt mich noch für den Rest meiner Schicht.

Ich habe das Gefühl, zwischen den Stühlen zu sitzen, und ich bin nicht sicher, was ich überhaupt will. Natürlich will ich, dass beide glücklich sind, aber was bedeutet das für mich? Und wie kann ich diese komischen Gefühle, die ich für Tanner hege, abschütteln?

Und welches Recht habe ich überhaupt, auf die Frauen in Tanners Leben eifersüchtig zu sein? Ich mache mich gerade für ein Treffen mit einem seiner Brüder fertig, und die vergangenen Tage habe ich damit verbracht, über Textnachrichten mit einem weiteren seiner Brüder zu flirten.

Ich weiß, dass mein Vorhaben wohl keine gute Idee ist, aber ich kann mir einfach nicht helfen. Diese Bridges-Jungs rufen einfach etwas in mir hervor, das ich lange Zeit unter einem Haufen Verantwortung begraben hatte.

Zuerst musste ich mich mit meinem Vater auseinandersetzen, dann war ich damit beschäftigt, das College zu schaffen, und nun dreht sich alles um meinen beruflichen Aufstieg in dieser Klinik. Es kommt mir vor, als hätte ich ständig irgendwelche Hürden zu überwinden. Doch jetzt, da diese Männer wieder in mein Leben getreten sind, fühle ich mich plötzlich viel befreiter.

Wie soll ich dem denn widerstehen?

DIE BAR, in die Tommy mich ausführt, gehört zu den ruhigeren der Stadt. Er sagt, er möchte es vermeiden, dass Fans ihn sehen, und das geht für mich in Ordnung. Die ruhige Atmosphäre führt dazu, dass unsere Unterhaltung etwas vertrauter wird, und ich gebe mehr von mir preis, als ich erwartet habe.

„Ich weiß einfach nicht, welchen Rat ich ihr geben soll, verstehst du?" Ich blicke in mein Bier und fühle mich etwas dumm. Ich habe mir vorgenommen, mich bei Tommy nicht über meinen Tag zu beschweren, und hier sitze ich nun und rede über nichts anderes als Caitlyn.

„Nun, du und mein Bruder wart eine Zeitlang zusammen. Ich kann mir vorstellen, dass es eine komische Situation für dich ist", antwortet er.

„Aber wir waren ja nicht lange zusammen. Ich weiß auch nicht. Euch wieder hier zu haben, hat eine Menge Erinnerungen zurückgebracht. Ich vermisse es beinahe, ein Kind zu sein", sage ich lachend. Ich bin froh, als er mir zustimmt.

„Ich weiß, was du meinst", sagt er und trinkt einen Schluck Bier. „Ich habe mich wirklich davor gescheut, zurückzukommen, weißt du? Ich verbinde nicht viele gute Erinnerungen mit diesem Ort – eigentlich gar keine, dachte ich. Aber seit ich wieder hier bin und dich wiedergetroffen habe, denke ich, das Leben hier war vielleicht doch nicht so schlecht." Er schüttelt den Kopf und lächelt selbstironisch, was ich unglaublich charmant finde.

So verletzlich habe ich den großen, starken Tommy nur selten gesehen, und überraschenderweise finde ich das irgendwie aufregend.

„Aber genug von diesem Gefühls-Gerede", sagt er mit einem schiefen Lächeln, „Ich will wissen, was man hier heutzutage macht, um Spaß zu haben." Er zwinkert mir zu, und meine Wangen erröten.

Nachdem wir das Thema gekonnt gewechselt haben, reden wir darüber, was sich in der Stadt verändert hat und was noch genauso ist wie früher. Ich nehme mir fest vor, mich für den Rest des Abends ausschließlich auf ihn zu konzentrieren.

Zu meiner eigenen Überraschung, verbringen wir eine wundervolle Zeit zusammen. Als ich noch jünger war, habe ich nie bemerkt, wie vielseitig Tommy eigentlich ist. Ich frage mich, warum mich unser Altersunterschied jemals gestört hat. Er ist witzig und charmant und noch genauso heiß, wie ich ihn in Erinnerung habe.

Groß, dunkel, attraktiv, muskulös – jedes Mädchen in Amerika wäre eifersüchtig auf mich, dass ich hier mit ihm sitze und etwas trinke. Ich habe ihn immer für ein Arschloch gehalten, aber heute Abend lerne ich eine Seite von ihm kennen, die ich nie erwartet hätte.

„Was hältst du davon, wenn wir von hier verschwinden?", fragt er schließlich. Ich will nicht, dass der Abend zu Ende geht, und ein Teil von mir erkennt die Bedeutung hinter seiner Frage. Nach kurzem Zögern stimme ich voll und ganz zu.

Der Abend war wundervoll, und ich will sehen, wohin das führt.

„Lass uns zu mir gehen", schlage ich mit einem verschmitzten Lächeln vor.

Ich weiß nicht, was ich erwartet habe, als ich dem Date zugestimmt habe, aber bestimmt nicht, Sex mit Tommy Bridges zu haben.

Es beginnt ganz einfach. Wir gehen zu mir, und ich besorge uns ein paar Bier, die wir schnell leeren, während wir uns weiter über dies und das unterhalten. Nachdem wir alle Themen durchhaben, begleite ich ihn zur Türe. Er lehnt sich vor und gibt mir einen Gutenachtkuss, der aber schnell an Intensität gewinnt.

Ich ziehe ihn an seinem Hemd zurück in mein Apartment, bevor ich es ihm ausziehe. Gleichzeitig greift er sich mein Shirt, und wir küssen uns voller Leidenschaft.

Er lässt Lippen und Zunge an meinem Hals hinuntergleiten. Stöhnend lasse ich meinen Kopf in den Nacken fallen und genieße seine Liebkosungen.

Seine Hände finden meine Brüste, dann folgen seine Lippen.

Er küsst sie und saugt sanft an ihnen. Ich drücke ihn auf die Couch und setze mich auf seinen Schoß. Meine Hände gleiten über seine starken Arme und seinen muskulösen Bauch.

Mit einer Hand öffnet er meinen BH, mit der anderen streicht er mir über den Rücken. Das Gefühl seiner Fingernägel auf meiner Haut löst bei mir eine Gänsehaut aus.

Dann kann er sich nicht länger zurückhalten.

In einem Griff hebt er mich von seinem Schoß, dreht mich um und ist plötzlich hinter mir. Er zieht meine Jeans herunter, küsst meinen Hintern und streicht mit seinen Händen über meine Brüste. Ich knie vor der Couch und stütze mich mit den Händen auf ihr ab.

Er öffnet seinen Reißverschluss und drückt seine Erregung von hinten an mich. Wir atmen beide schwer und schnell.

„Ich will unbedingt in dir sein", flüstert er. „Willst du das, Baby?!"

„Bitte. Ich will dich in mir spüren", hauche ich. Mein Körper verzehrt sich nach ihm. Ich spüre ein tiefes Verlangen in mir, das gestillt werden will. Dann dringt er in mich ein, und ich spüre, wie er mich voll und ganz ausfüllt.

Während er in mich eindringt, stöhnt er voller Vergnügen, und ich schreie nicht weniger lustvoll auf. Er hält mich an den Hüften fest und bewegt sich mit langsamen Stößen in mir vor und zurück.

Mit jedem Stoß bewege ich mich näher auf einen Orgasmus zu. Ich stöhne und flüstere Worte der Lust. Er bewegt sich schneller und schneller und folgt mir auf dem Weg zum Höhepunkt.

Ich schwinge meinen Arm nach hinten und presse seinen Hintern fester gegen mich. Ich will ihn so tief wie möglich in mir spüren. Dann erlebe ich den heftigsten Orgasmus seit Jahren. Ich gebe einen überraschten Laut von mir, als er meine Haar greift und fest daran zieht. Die Befriedigung durchfährt mich in so heftigen Wellen, dass es mir beinahe den Atem verschlägt. Sie scheint endlos zu sein.

Dann fährt er ein letztes Mal mit einem heftige Stoß in mich hinein und entlädt seine eigene Befriedigung laut stöhnend in mir.

Wir verbleiben für ein paar Momente in dieser Position; er bewegt sich noch ein paar Mal hinter mir und fährt mit seinen Händen über meinen Körper – keiner von uns sagt etwas. Dann zieht er sich aus mit heraus, und ich fühle mich unglaublich befriedigt.

„Das war unglaublich, Tommy", hauche ich, während er sich seine Jeans anzieht. Er lächelt mich verschmitzt an und gibt mir einen Klaps auf den Po.

Er bleibt nicht über Nacht, und das ist völlig in Ordnung für mich. Dieser Abend hat mir mehr gegeben, als ich erwartet hatte, und ich bin froh, dass ich seine Einladung angenommen habe. Ich hatte nicht erwartet, dass es zu etwas führt – es war ein schöner Abend, der mit tollem Sex geendet hat.

Es hat mich von meinen verwirrenden Gefühlen für Tanner abgelenkt und mir auf gewisse Weise auch Hoffnung gegeben. Es scheint jetzt egal zu sein, ob mit Tanner etwas passiert oder nicht, und ich kann mit dieser Möglichkeit besser umgehen.

Ich bin immerhin eine starke, begehrenswerte Frau. Ich habe mein Leben unter Kontrolle.

Ich kann mit allem fertig werden.

KAPITEL VIERZEHN

Tommy

„Bringen wir den Auftritt über die Bühne." Diese Phrase verwende ich schon, seit ich denken kann und von meinen Brüdern werde ich deswegen ständig aufgezogen. Aber heute scheint dieser Satz nur für noch mehr Spannung zu sorgen.

„Wir haben es verstanden. Wir kommen ja", meckert Janus. Er ist verkatert und außer mit den Augen zu rollen, fällt mir nichts ein, wie ich auf ihn reagieren sollte. Er wusste, dass wir Dad heute besuchen, er hätte gestern nicht ausgehen sollen.

Tanner scheint von uns allen am besten gelaunt zu sein, und ich kann nur vermuten, dass es an seinem Kind liegt. Nathan und James hingegen sind genauso mies gelaunt, wie ich.

„Ich möchte das hier nur so kurz wie möglich halten", sagt Nathan, als wir die Klinik betreten.

„Wollen wir das nicht alle", erwidert James sauer.

„Hallo!" Nikki kommt um die Ecke und unterbricht unsere Unterhaltung, instinktiv erstarren wir alle. „Ich hoffe, es geht euch allen gut!" Sie und ich halten kurz Blickkontakt, dann wendet sie sich meinen Brüdern zu. „Kommt ihr bitte hier entlang, dann bringe ich euch in den Besucherbereich." „Viel besser, seit du da bist", sagt James, und Nikki kichert. Ich ziehe die Augenbrauen hoch und beobachte die beiden. Seit unserer Ankunft haben wir alle mit Nikki geflirtet, aber zwischen diesen beiden geht etwas ganz anderes vor. Ich frage mich, ob es etwas Ernstes ist. Und irgendwie habe ich das Gefühl, dass sie mich ignoriert.

Wir haben uns heute Morgen keine Nachrichten geschickt und auch sonst nicht viel über den Sex gesprochen, abgesehen von der Aussage gestern Abend, dass es großartig war – was es definitiv war. Dennoch hatte ich erwartet, dass sie uns allen gegenüber etwas aufgeschlossener wäre - nicht nur James gegenüber.

Wie auch immer, ich habe nicht viel Zeit, darüber nachzudenken, denn schon öffnet sich die Tür und wir drei betreten den Besucherbereich. Unser Vater sitzt an einem der Tische und sieht viel schlechter aus, als ich gedacht hatte. Ich spüre einen Stich in meiner Brust, und eine ganze Reihe Emotionen bahnen sich ihren Weg durch meinen Körper.

„Jungs!", ruft er, als wir uns ihm nähern. Ich verziehe das Gesicht, als er versucht aufzustehen.

„Wie schön euch zu sehen! Ich war besorgt, dass ihr vielleicht nicht kommt!" Er wendet sich an jeden von uns, schüttelt unsere Hände und umarmt uns.

Es ist unübersehbar, dass keiner von uns entspannt mit dieser Situation umgeht, und Nikki tut ihr Bestes, um unser Zusammentreffen so unkompliziert wie möglich zu gestalten.

„Ich besuche euren Vater jetzt seit ein paar Monaten - beinahe wie seine inoffizielle Therapeutin - und man kann sagen, dass wir uns in dieser Zeit ziemlich nahe gekommen sind", sagt sie lächelnd.

„Hoffentlich nicht zu nahe", keift Janus. Sie schaut ihn ernst an, während wir anderen so tun, als hätten wir nichts gehört.

„Er denkt daran, euch zu treffen, seit wir gehört haben, dass ihr auf eurer Tour auch an der Stadt vorbeikommen würdet", fährt Nikki fort. Einige meiner Brüder schauen sich an, und ich verlagere mein Gewicht von einem Bein auf das andere.

„Ich dachte, wir sind hierhergekommen, weil du es wolltest", entgegnet Nathan. Er zieht die Augenbrauen hoch und schaut unseren Vater anklagend an. Dad schaut erst ihn und dann den Rest von uns an; die Verwirrung ist ihm klar anzusehen.

„Hätte ich gewusst, dass es so einfach ist, hätte ich euch schon vor langer Zeit darum gebeten, mich zu besuchen", antwortet er mit einem heiseren Lachen.

„Das warst du? Ich dachte die Klinik hat darum gebeten, dass wir kommen. Hast du das alles nur geplant, um mich wiederzusehen, Nikki?" Als er diese Frage stellt, dreht James sich mit einem breiten Grinsen zu Nikki um. Dieses Grinsen hat er schon bei unzähligen Frauen eingesetzt, und es bringt auch Nikki zum Erröten.

Ich kann nicht anders, als den Kopf zu schütteln. Meine innere Stimme ruft ihm zu, es zu lassen. Er strengt sich zu sehr an. Ein anderer Teil von mir will sich einfach umdrehen und gehen.

Ohne mich wäre keiner von uns hier. Offensichtlich ist das hier für niemanden einfach, also warum zum Teufel darf Nikki die Lorbeeren ernten?

„Ich habe vor einiger Zeit mit der Klinik gesprochen, und sie haben mir gesagt, dass es dir nicht besonders gut ginge, Dad. Darum sind wir hier. Wenn du unserer Karriere nur ein wenig gefolgt bist, wüsstest du, dass wir gerade ein Album herausgebracht haben, das wirklich gut läuft. Wir dachten, wir könnten ein paar Shows spielen, solange wir in dieser Gegend sind." Ich lenke das Thema wieder auf uns und hoffe, dass er sich nur einmal in seinem Leben dafür interessiert, was in unserem Leben passiert.

„Sehr schön. Ich habe euren Weg verfolgt, jedenfalls so viel davon, wie Nikki mir darüber erzählen konnte. Ihr könnt euch sicher vorstellen, dass es für mich mittlerweile nicht mehr so einfach ist, online zu sein oder ähnliche Dinge selbst zu erledigen. Aber es freut mich zu hören, dass ihr aus eurem Besuch hier einen gewissen Profit schlagen könnt." Er lächelt wieder, doch seine Worte versetzen uns einen Stich.

„Ja klar. Natürlich profitieren wir von dir, Dad" entgegnet Janus. „Wenn ich mich recht erinnere, hast du in unserer Anfangszeit dein Bestes dafür getan, dir von diesem Profit etwas zu sichern. Oder täusche ich mich da?"

„So etwas habe ich nie getan! Ich habe euch immer unterstützt – von Anfang an. Ich habe für euch eine Menge Opfer gebracht!" Unser Vater wird offensichtlich wütend, doch das stachelt mich ebenfalls an.

Ich weiß noch ganz genau, was für eine Kindheit wir hatten, und wenn ich nicht eingesprungen wäre, hätten meine Brüder nie die Kindheit gehabt, die sie hatten.

James erinnert sich ebenfalls an die Alkoholprobleme unseres Vaters und die Art, wie er uns behandelt hat. Dad scheint ernsthafte Erinnerungslücken zu haben und sieht sich wohl als eine Art Märtyrer.

„Hast du dich deswegen jede Nacht in einer Flasche Jack versteckt?" Die Worte sind gesprochen, bevor ich überhaupt darüber nachdenken kann, und ich sehe, wie die Wut in meinem Vater aufsteigt. Es ist ein vertrauter Anblick und einer, den ich nie wieder sehen wollte.

„Weißt du was?", schreit er mir entgegen. Doch bevor er die Chance hat, fortzufahren, wird er von Nikki unterbrochen.

„Alles klar, ich denke, das reicht für heute. Das lief doch gut. Ich bin froh, dass ihr es alle geschafft habt, und ich freue mich, dass Sie Ihre Söhne sehen konnten. Aber es wird Zeit für Ihre Medikamente." Sie legt ihm ihre Hände auf die Schultern und schaut ihn lächelnd an.

Ihr Blick sagt uns, dass es Zeit ist, zu gehen. Und während meine Brüder noch versuchen, die Situation zu beruhigen und meinen Vater davon zu überzeugen, dass es gut ist, ihn zu sehen, drehe ich mich um und verlasse die Klinik. Ob ich nochmal wiederkomme oder ob ich ihn nochmal wiedersehe, interessiert mich nicht.

Der Besuch verlief nicht gut, und ich bereue es, jemals zurück in diese verdammte Stadt gekommen zu sein. Hinter mir in der Halle höre ich meine Brüder. James ruft Nikki noch etwas zu und folgt dann dem Rest der Gruppe. Kopfschüttelnd gehe ich zurück zum Mietwagen. Mir ist es egal, wer fährt, ich jedenfalls werde mich setzen, aus dem Fenster starren und vor mich hin schmoren. Ich wünschte, dass einige Dinge in meinem Leben anders wären, und ich dachte, dass ich nach der Rückkehr nach Haus einige dieser Dinge verwirklichen könnte.

Doch als wir den Parkplatz der Klinik verlassen, kann ich nur den Kopf schütteln.

Manche Dinge ändern sich nie.

15

KAPITEL FÜNFZEHN

Nikki

Ich muss zugeben, ich freue mich auf den Abend mit James. Obwohl ich nach meiner Nacht mit Tommy überlegt habe, meine Verabredung mit James abzusagen. Doch nach dem desaströsen Treffen mit ihrem Vater, habe ich mein Vorhaben aufgegeben.

Ich hatte Spannungen erwartet, aber ich kann nicht glauben, wie schief das Ganze gegangen ist. Beinahe beschämt bringe ich den armen Mann zurück in sein Zimmer.

„Sie hassen mich!", sagt er nach dem Besuch. Ich kann nicht erkennen, ob er traurig oder wütend ist, dennoch widerspreche ich ihm.

„Das tun sie nicht. Sie sind nur durcheinander", versuche ich einzuwenden. Er besteht aber weiterhin darauf, dass sie ihn hassen, und ich muss ihm zur Beruhigung seine Medikamente geben. Ich wünschte, ich könnte mehr tun oder sagen, um ihm zu helfen, doch nach ein paar Minuten, in denen ich versuche, ihn vom Geschehen abzulenken, muss ich mich weiteren Aufgaben widmen.

Ich ziehe es in Betracht, mich an Tommy oder James zu wenden. Doch ich weiß nicht, was ich sagen kann, um die Wogen zu glätten. Schließlich entscheide ich mich einfach dafür, wieder an die Arbeit zu gehen und mich später darum zu kümmern.

Jedenfalls, nicht lange nachdem die Brüder weg sind, erhalte ich eine Nachricht von James. In einem fröhlichen Ton bedankt er sich bei mir, dass ich das Treffen arrangiert habe, und teilt mir mit, dass er sich auf unsere Verabredung heute Abend freut.

James, es tut mir so leid! Ich dachte, der Besuch wäre gut für euch alle, dabei hätte es wohl nicht schlechter laufen können! Das hatte ich nicht erwartet. Hast du gesehen, wie sich Tommy und er an die Gurgel gegangen sind?

Ich warte auf seine Antwort und bin überrascht, wie gleichgültig sie ausfällt.

Das geht zwischen den beiden so, seit ich denken kann. Ich würde mir darüber keine Sorgen machen. Aber genug davon. Verrate mir, was du zu unserer Verabredung anziehen wirst.

Er beendet seine Nachricht mit einem Zwinker-Emoji und lächelnd schüttle ich meinen Kopf über seinen Enthusiasmus. Seit ich James heute Morgen gesehen habe, geht er mir nicht mehr aus dem Kopf.

Er ist charmant, so viel ist sicher. Aber da ist auch noch mehr. Etwas, das mich noch stärker anzieht, als ich es für möglich gehalten habe. Aber darüber will ich gar nicht zu sehr nachdenken.

Tatsächlich gebe ich mir sehr viel Mühe, diesen Gedanken nicht zu sehr nachzuhängen. Genauso wenig möchte ich nicht zu sehr an den atemberaubenden Sex denken, den ich mit seinem Bruder hatte.

Die Brüder stecken schon mitten in einem Familiendrama,

und das Letzte was ich da möchte, ist für noch mehr Ärger zu sorgen. Aber ich sehne mich schon so lange nach ihrer Aufmerksamkeit, dass ich keine rationalen Entscheidungen treffen kann, wenn es um sie geht.

Sollte ich James von Tommy erzählen? Mein Bauchgefühl sagt sofort *Nein*. Die letzte Nacht mit Tommy war eine einmalige Sache. Es gibt keinen Grund, die Brüder gegeneinander aufzubringen – auch wenn ich nicht glaube, dass Tommy darüber sehr verärgert sein wird. Er scheint unsere gemeinsame Nacht, genau wie ich, als etwas Zwangloses zu betrachten.

Und außerdem sind sie eh bald alle verschwunden. Und bis dahin kann ich ihre Gesellschaft ja noch genießen.

Ich werde also mit James etwas trinken gehen und nichts von meiner Nacht mit Tommy erwähnen. Und dieses Mal werde ich meine Sachen anbehalten. Vermutlich.

Nachdem das geklärt ist, konzentriere ich mich wieder auf meine Arbeit.

Immerhin muss ich mich um andere Dinge kümmern.

„Du siehst großartig aus", sagt James lächelnd, als er mich abholt. Ich trage ein enges T-Shirt und einen kurzen Rocke; eine Hommage an meinen Lieblingslook in der High-School.

„Du auch", antworte ich. Er trägt immer die gleiche Art Jeans und T-Shirt, und er sieht immer toll darin aus. Heute Abend ist da keine Ausnahme.

Ich betrachte ihn von oben bis unten und verspüre ein Verlangen. Ich unterdrücke es, so schnell ich kann, und ignoriere es für den Rest der Fahrt zur Bar.

James bringt mich mit seinen Lieblingsgeschichten über das Leben in der Band zum Lachen. Ich spüre erneut diese Verbindung zwischen uns, die ich bereits in der Klinik gefühlt habe.

Auch wenn mir klar ist, dass da etwas zwischen uns ist, überrascht mich die Intensität.

Mir wird plötzlich bewusst, dass ich nicht bei meinem ursprünglichen Plan bleiben kann und dass ich ihm gegenüber ehrlich sein muss. Sollte es also dazu kommen, werde ich beichten müssen.

„Deine gestrigen Pläne schienen ja nicht so großartig gewesen zu sein, wenn du dich für heute Abend mit mir verabredet hast", sagt er mit einem Augenzwinkern und einem charmanten Lächeln, das mich erröten lässt.

Ich bin in meinem ganzen Leben noch nie so oft rot geworden wie heute Abend mit ihm. Er hat etwas an sich, das mir ein leichtes und aufgedrehtes Gefühl verleiht, und ich will ihm gegenüber so ehrlich sein, wie ich kann – ohne für noch mehr Drama zwischen ihm und seiner Familie zu sorgen.

„Ich bin mit jemandem etwas trinken gegangen. Eigentlich hatte ich echt Spaß", antworte ich beiläufig. Während ich rede, beobachte ich ihn und hoffe, dass ich ihn nicht abschrecke. Sein schlitzohriges Lächeln verrät mir, dass er sich nicht beirren lässt.

„Du bist ganz schön beliebt, oder?", fragt er neckisch.

Ich werde wieder rot.

„Es ist eine kleine Stadt. Du weißt, wie das ist." Ehrlich zu ihm zu sein ist doch nicht so einfach, wie ich dachte, und ich hoffe, dass wir schnellstmöglich das Thema wechseln.

„Nur zu gut", sagt er augenrollend, und ich atme erleichtert auf.

Der Abend verläuft feucht-fröhlich und mir wäre es am liebsten, er würde nie enden.

Oh Mann, ich hab wirklich was übrig für diese Bridges-Männer.

„Hast du schon mal einen richtigen Tourbus gesehen?", fragt er mich später. Lachend schüttle ich den Kopf.

„Sehe ich aus wie jemand, der einen Tourbus braucht?",

frage ich ihn mit funkelnden Augen. Er mustert mich ganz genau und zuckt schließlich mit den Schultern.

„Wie auch immer. Ich denke, du würdest gerne einen richtigen Tourbus sehen", sagt er. Ich werfe mein Haar zurück und schaue ihn mit einem schiefen Lächeln an.

„Aha. Das denkst du also?" Obwohl ich bereits weiß, wie meine Antwort lauten wird, schweige ich kurz - für den dramatischen Effekt. Bei der Art, wie er mich ansieht, ist mir klar, dass ich ihm wohl kaum etwas abschlagen kann.

„Na gut, warum zeigst du mir dann nicht deinen richtigen Tourbus?"

Er macht eine tiefe Verbeugung und streckt mir seine Hand entgegen.

„Folgen Sie mir, meine Liebe, denn Ihr Wunsch ist mir Befehl."

IN DEM MOMENT, als wir den Bus betreten, fasst er mich am Arm und dreht mich zu sich um. Mir bleibt kaum Zeit, meine Entscheidung zu hinterfragen, da küssen wir uns bereits. Gierig treffen unsere Lippen aufeinander und unsere Zungen beginnen ihren leidenschaftlichen Tanz. Mein leises Stöhnen ist das einzige Geräusch, das im Bus zu hören ist.

Unsere Hände erforschen unsere Körper. Seine Hände gleiten unter meinen Rock und legen sich auf meinen Hintern und drücken mich gegen ihn. Ich spüre seine Erregung ganz deutlich.

Ich drücke ihn herunter auf die Sitzbank und gehe zwischen seinen Beinen auf die Knie. Ich schiebe sein Shirt hoch und küsse seinen muskulösen Bauch. Langsam öffne ich seine Hose und spüre, wie die Aufregung durch meinen Körper fährt, als mir sein harter Schwanz entgegenspringt.

Ich halte Augenkontakt, während ich ihn langsam in den

Mund nehme. Er lehnt sich zurück, schließt die Augen und genießt das Gefühl meiner warmen, feuchten Lippen um ihn. Ich lasse meine Zunge über seine Spitze gleiten und fahre anschließend mit ihr an ihm entlang. Gleichzeitig werde ich immer feuchter.

Er greift nach unten und reibt seine Finger zwischen meinen Beinen. Mein kurzer Rock verbirgt nichts und er hat leichten Zugang in mein Höschen und in mich. Ich kann meine eigene Lust nicht länger ignorieren, stehe auf und lasse mein Höschen zu Boden fallen.

Ich setze mich auf ihn und lege seinen Schwanz vor meine feuchte Öffnung. Dann nehme ich ihn langsam in mich auf. Ich stöhne sanft auf, als er langsam in mir verschwindet; meine Enge erregt ihn noch stärker.

Ich lege ihm meine Hände auf die Schulter, blicke ihm tief in die Augen und beginne, ihn zu reiten.

Ich bewege mich immer schneller auf ihm hoch und runter und nehme ihn immer weiter in mich auf. Ich nähere mich schnell meinem Höhepunkt und stöhne vor Vergnügen laut auf; in dem leeren Bus gibt es keinen Grund, meine Lautstärke zu zügeln.

Seine Finger spielen mit meiner Klitoris und mein Orgasmus setzt ein. Lustvoll stöhnend reite ich ihn weiter und mit jedem Stoß durchfährt mich eine weitere Welle der Befriedigung. Ich spüre die Intensität und weiß, dass mich mein Orgasmus völlig auslaugen wird.

James hält mich fest auf meiner Position und dringt mit harten Stößen in mich ein. Als er kommt, schreit er lustvoll auf und entlädt sich in meinem feuchten Innern.

Ich bleibe auf seinem Schoß sitzen und lege den Kopf auf seine Schulter, während er in mir erschlafft. Ich halte ihn fest, und er legt seinen Kopf gegen meine Brüste. Ich streiche ihm sanft über den Hinterkopf und genieße den Moment. Ich möchte diese Verbindung nicht lösen, weiß aber, dass es unumgänglich ist.

Ich weiß nicht, wie viel Zeit vergangen ist, als ich meinen Kopf von seiner Schulter nehme. Es können zehn Minuten oder zwei Stunden sein. Doch schließlich stehe ich auf und fühle seine Wärme an meinen Beinen herunterlaufen. Schnell ziehe ich mein Höschen hoch.

Ich schiebe meinen Rock herunter, und er zieht seine Hose hoch. Wir sehen uns an wie zwei unartige Schulkinder. Lachend verlassen wir den Bus, und James bietet mir an, mich nach Hause zu bringen.

Bevor er mir die Autotür aufmacht, drückt er mich sanft gegen das Auto und gibt mir einen kurzen, aber intensiven Kuss. Nach dem Kuss schaut er mich mit grinsend an.

„Ich hoffe, das konnte mit letzter Nacht mithalten", sagt er mit einem Zwinkern, das Grinsen noch immer auf den Lippen.

Mir bleibt fast das Herz stehen, und ich frage mich zum ersten Mal, ob Tommy James von unserer gemeinsamen Nacht erzählt hat.

Als ich nicht antworte, lacht er und küsst mich noch einmal. „Ist schon gut, Süße. Ein bisschen Konkurrenz macht mir keine Angst." Er zwinkert mir erneut zu und öffnet mir schließlich die Tür.

Die Fahrt zu meiner Wohnung verläuft ruhig und mit einigen zarten Berührungen. Als ich die Treppe zu meinem Apartment hochgehe, kann ich nicht anders, als die heutige Nacht mit der gestrigen zu vergleichen – James hat mir diesen Floh ins Ohr gesetzt.

Ich hatte eine Menge Spaß mit beiden, aber der Sex mit James hatte eine tiefere Bedeutung. Hätte er sich einfach wieder angezogen und wäre wortlos gegangen, so wie Tommy, hätte mich das wohl verletzt. Ich war in keiner Weise verletzt, als Tommy es getan hat.

Zwischen James und mir besteht auf jeden Fall eine größere Verbindung, und ich frage mich, ob da noch mehr ist. Er hat mir deutlich gesagt, dass er um mich kämpfen wird, aber will ich das überhaupt? Ich schüttle meinen Kopf und vertreibe diesen Gedanken. Bald werden sie alle wieder weg sein. Warum sollte ich annehmen, dass ihr Weggehen dieses Mal anders sein soll als das letzte Mal? Sie werden wahrscheinlich gehen und nie mehr zurückschauen.

Ich habe mir den ganzen Tag darüber Sorgen gemacht, dass ich die Brüder verletzen könnte, doch jetzt wird mir plötzlich klar, dass ich auch nicht von den Brüdern verletzt werden will. Falls ich mir diese Verbindungen zwischen uns nur einbilde und beginne, mir eine gemeinsame Zukunft mit einem von ihnen vorzustellen, dann fürchte ich, kann das zu Verletzungen führen.

Ich werde die Dinge einfach so nehmen, wie sie kommen, und es dabei belassen.

Und ich werde diese Reise genießen, solange sie andauert.

KAPITEL SECHZEHN

Tanner

„Ich habe wirklich geglaubt, du hättest dich verändert, Tanner. Ich muss wirklich bescheuert sein, dass ich das gedacht habe!" Caitlyn legt den Hörer auf, bevor ich die Möglichkeit habe, etwas zu sagen. Ich atme tief durch.

Ich will sie zurückrufen und ihr sagen, dass sie nicht bescheuert ist, dass es nur ein Fehler war. Ich will ihr sagen, dass ich angespannt bin, wegen des Treffens gestern mit meinem Vater. Aber ich habe immer noch das Gefühl, dass ich mich ihr gegenüber nicht wirklich öffnen kann.

Auf eine gewisse Weise hat sie recht. Ich habe mich nicht verändert. In vielen Dingen bin ich noch immer da, wo ich während unserer gemeinsamen Zeit war, und das verheißt nichts Gutes, wenn man bedenkt, wie es damals ausgegangen ist.

Mir ist klar, dass ich mich nicht sehr verändert habe, sonst würde ich wohl kaum darüber nachdenken, unsere Beziehung wieder aufleben zu lassen. Trotz der schwierigen Jahre, die wir hatten, jetzt wieder in der gleichen Stadt zu sein, hat mir klargemacht, dass ich mich noch genauso stark von ihr angezogen fühle wie früher. Aber ich weiß auch, sollte es noch etwas Hoffnung für uns geben, muss ich ein besserer Mitspieler werden.

Doch das klingt einfacher, als es ist. Ich öffne mich anderen Menschen gegenüber einfach nicht gerne.

Es ist ein komisches Gefühl, keine Zeit mit ihr oder meiner Tochter verbringen zu wollen. Es gibt nichts, das ich mehr will, als Arya zu sehen, aber ich will mich einfach nicht den Emotionen stellen, die durch ein Treffen mit Caitlyn bei mir ausgelöst werden. Nicht heute. Also habe ich unsere Pläne für heute abgesagt. Ich werde dafür sorgen, dass ich vor unserer Abreise noch mehr Zeit mit ihr verbringe. Doch schon der Gedanke an eine Abreise versetzt meinem Herzen einen Stich.

Plötzlich kommt mir eine Idee. Ich schnappe mir mein Telefon und schicke Nikki eine Nachricht. James hat jedem ihre Nummer gegeben und obwohl ich zuerst dagegen war und es für keine gute Idee hielt, hat er mich davon überzeugt, dass es nützlich sein kann, um durch sie etwas über Dad zu erfahren.

Jetzt bin ich froh, dass er darauf bestanden hat.

Hey. Ich dachte, ich löse mein Versprechen ein und lade dich heute Abend zum Essen ein. Ich weiß wirklich zu schätzen, was du für mich getan hast.

Ich drücke auf senden und frage mich, wie lange es wohl dauert, bis sie meine Einladung annimmt. Hoffentlich klingt ihre Antwort nicht zu enthusiastisch. Nach unserem kleinen Zusammenstoß auf dem Klinik-Parkplatz bin ich mir sicher, dass sie immer noch Gefühle für mich hat; auch wenn mir nicht erklären kann, warum. Wir hatten unseren Spaß während der High-School, aber es war nie etwas Ernstes.

Ich dachte, unsere Trennung war einvernehmlich, weil uns

beiden klar wurde, dass wir eher Freunde, als ein Liebespaar waren.

Wie ich darüber nachdenke, dass sie noch Gefühle für mich hegt, muss ich daran denken, dass sie und James während des Besuchs bei unserem Vater, ganz offensichtlich miteinander geflirtet haben. Ich frage mich, ob es Dad auch aufgefallen ist. Natürlich hat es nicht lange gedauert, bis er und Tommy wie gewohnt losgelegt haben. Doch der Flirt war deutlich genug, um unsere Aufmerksamkeit zu erregen.

Mein Telefon klingelt, doch die Antwort enttäuscht mich.

Danke für das liebe Angebot, aber das musst du wirklich nicht. Ich habe heute Abend noch eine Menge zu tun, vielleicht ein anderes Mal?

Ich blicke für einen Moment auf mein Telefon und mir wird erst durch ihre Absage klar, wie sehr ich mich darauf gefreut hatte, sie zu sehen, Ich kann mir nicht helfen, aber ich frage mich, was sie wohl vorhat. Ich konnte sie nie durchschauen und dachte immer, sie ist einfach eines von diesen sprunghaften Mädchen. In einem Moment dachte ich, sie plant schon unsere Hochzeit, und im nächsten Moment kam es mir vor, als wollte sie nur eine lockere Affäre.

Aber es fühlt sich komisch an, und ich will der Sache auf den Grund gehen.

Weißt du, ich würde dich heute Abend wirklich gerne ausführen, wenn du es einrichten kannst. Ich will dich nicht drängen, aber es ist schon eine Weile her, und ich würde dich wirklich gerne treffen. Sag einfach Bescheid, falls sich deine Pläne für heute Abend ändern.

Abgesehen davon, dass ich das Geheimnis um Nikki Marlowe gerne lösen möchte, meine ich es wirklich ernst. Die Rückkehr in diese Stadt hat mich daran erinnert, wie unterstützend Nikki immer war. Sie war wahrscheinlich die einzige wahre Freundin, die wir als Kinder hatten, und ich möchte dieses Gefühl gerne wiederbeleben.

Nach unserer Begegnung auf dem Parkplatz ist mir zwar

nicht ganz klar, was sie genau von mir will, aber ich werde vorsichtig sein. Ich werde nichts sagen oder tun, wovon Caitlyn erfahren könnte - auch wenn ich nicht glaube, dass Nikki die Art Mädchen ist, die mir so etwas antun würde.

Nachdem sie ein zweites Mal ablehnt, bin ich bereit, aufzugeben. Vorhin schien sie sich eigentlich über die Möglichkeit, dass wir uns treffen, gefreut zu haben, aber ich habe heute keine Lust darauf, Spielchen zu spielen. Ich will auch nicht noch mehr Energie darauf verschwenden, herauszufinden, was im Kopf anderer vorgeht. Wenn sie ihre Meinung geändert hat und nicht mit mir ausgehen will, ist das auch in Ordnung, aber ich lasse mich nicht wieder zum Buhmann machen, wenn sie nachher beleidigt ist, weil ich verschwunden bin.

Plötzlich kommt mir eine andere Idee.

Alles klar. Ich schätze, ich kann dich nicht dazu zwingen, Zeit mit mir zu verbringen, wenn du es nicht willst, lol. Aber denk bitte dran, dass wir jederzeit verschwinden können und ich weiß nicht, wann wir wieder in der Stadt sein werden. Ich würde dich wirklich gerne einladen, und ich kann dir nicht versprechen, dass es nach heute Abend noch klappt.

Ich drücke auf senden und während ich warte, entscheide ich, dass ich mir von ihrer Antwort nicht den Abend versauen lasse. Ich sehe, dass sie etwas schreibt und stelle mich darauf ein, dass sie mir ein drittes Mal absagt.

Doch dann werde ich überrascht.

Das stimmt. Ich schätze, das hier kann warten. Ich habe nur Schuldgefühle, dass ich seit eurer Rückkehr nicht mehr so viel arbeite wie vorher. Doch die Arbeit kann warten. Lass es uns tun!

Sie schickt mir zahlreiche Smileys, und ich muss lachen. In manchen Dingen hat sie sich überhaupt nicht verändert. Obwohl ich nicht mehr als eine platonische Freundschaft mit ihr haben möchte, begrüße ich es, dass sie immer noch Eigenschaften besitzt, die mich in der High-School angezogen haben.

Toll! Ich wusste du würdest mir zustimmen. Wann soll ich dich abholen?

Ich schicke ihr ein Zwinker-Emoji und hoffe, dass das nicht zu sehr nach Flirt aussieht. Ich vermisse unsere gemeinsame Zeit, aber das bedeutet nicht, dass ich sie zurückhaben möchte. Sie antwortet schnell und teilt mir mit, dass sie um fünf Uhr Feierabend hat und noch gerne eine Stunde hätte, um sich umzuziehen.

Ich bin einverstanden, und sie schickt mir ihre Adresse, dann lege ich das Telefon zur Seite. Anfangs habe ich das Bedürfnis, Caitlyn eine Nachricht zu schicken, um sie zu fragen, ob sie morgen Abend etwas vorhat. Aber ich lasse es.

Obwohl ich nie viel darüber nachgedacht habe, warum ich den Drang verspürt habe, aus dieser Beziehung auszubrechen, so beschleicht mich doch das Gefühl, dass es zum Teil daran lag, dass wir etwas erzwingen wollten, was sich nicht erzwingen lässt.

Caitlyn wollte mehr, als ich damals bereit war zu geben, und die Art, wie sie mir dies immer wieder vorhielt, hat mich nur noch weiter weggetrieben. Nun fürchte ich, wenn ich dasselbe mit ihr mache oder es aus den falschen Gründen tue, wird sie sich komplett von mir zurückziehen. Das würde nicht nur die letzte Chance zunichtemachen, die ich noch bei ihr habe, es würde auch die Möglichkeit ruinieren, Arya zu sehen, solange ich noch hier bin.

Ich weiß, dass ich mir noch über viele Dinge klar werden muss, bevor ich Caitlyn gegenüber irgendetwas erwähne. Die Rückkehr nach Hause hat mir gezeigt, wie sehr ich mir eine Familie wünsche – aber sie soll besser sein als die, in der ich aufgewachsen bin. Das will ich auch für Arya.

Aber ich weiß, dass es den beiden gegenüber nicht fair ist, den Versuch zu starten, etwas mit Caitlyn anzufangen, nur weil es in der Theorie so einfach klingt. Wenn ich es wieder mit Caitlyn versuchen will, muss sie der Grund dafür sein.

Während ich mir Gedanken darüber mache, was ich zum Treffen mit Nikki anziehen soll, fällt mir auf, dass es mal wieder Zeit wird, Wäsche zu waschen. Bei allen Fehlern, die sie haben, aber was die Wäsche angeht, sind meine Brüder wesentlich besser organisiert, als ich. Ich trage schon seit Tagen immer dieselben Hemden.

Seufzend suche ich meine Schmutzwäsche zusammen und schnappe mir meine Kopfhörer. Ich werde die Wartezeit im Waschsalon verbringen. Das Letzte, was ich noch gebrauchen kann, sind irgendwelche verrückten Kids, die mit meiner Wäsche abhauen, während ich im Hotel sitze.

Ich schiebe den Schlüssel ins Schloss und versuche nicht daran zu denken, wie es wohl wäre, mit Caitlyn zusammenzuleben. Je mehr ich darüber nachdenke, desto mehr will ich es. Auch wenn mir die Vernunft sagt, dass diese Realität noch weit entfernt ist.

Mir bleibt nichts anderes übrig, als es zu versuchen.

KAPITEL SIEBZEHN

Nikki

Ich betrachte mich noch einmal im Spiegel und versuche nicht zu kritisch zu sein. Seit der High-School hat sich mein Körper auf vielfältige Weise verändert; in den meisten Bereichen zum Besseren, jedoch nicht überall. Zugegeben, ich habe nicht mehr das Gewicht von damals, aber das sehe ich nicht zu kritisch – die zusätzlichen Pfunde stecken nämlich in einem tollen Hintern und in tollen Brüsten.

Ich weiß nicht, warum ich so nervös bin. Es ist Tanner. Ich kenne ihn seit Jahren, ich war mit ihm zusammen, und ich habe das Gefühl, dass ich mich weiterentwickelt habe. Noch vor einigen Tagen war er nur ein Name auf der Liste meiner Exfreunde, und ich habe nie viel an ihn gedacht. Jedenfalls nicht mehr, als an die übrigen Bridges-Brüder.

Und nun geht er mir nicht mehr aus dem Kopf. Jedes Mal, wenn ich mit einem von ihnen zusammen bin, kann ich nur an sie denken. Und auch wenn ich alleine bin, spuken sie mir im Kopf herum. James taucht, genau wie Tommy, einmal mehr in meinen Gedanken auf. Seit unserer gemeinsamen Nacht habe ich nicht viel mit Tommy gesprochen, und ich frage mich, was er über den Ausgang jener Nacht denkt.

Ich dachte, wir würden es am nächsten Tag erwähnen, aber so, wie die Sache mit seinem Vater lief, hatten wir gar nicht die Gelegenheit, miteinander zu reden. Ich hatte darüber nachgedacht, ihm eine Nachricht zu schicken, doch ich vermutete, dass er in diesem Moment lieber nichts von mir hören wollte. Somit habe ich entschieden, ihm die Initiative zu überlassen.

Ich höre ein Auto vorfahren und schiebe diese Gedanken zur Seite. Ein kurzer Blick nach draußen bestätigt mir Tanners Ankunft; ich beeile mich mit den letzten Feinheiten meines Make-ups.

„Hey! Nettes Gefährt", sage ich neckisch, als ich in den Mietwagen einsteige.

„Das war alles, was sie hatten, und ich konnte einfach nicht nein sagen. Nathan und Janus sind mit dem anderen Wagen unterwegs. Ich will nicht einmal wissen, was sie für heute Abend geplant haben - irgendwelchen Ärger wahrscheinlich." Er verdreht kurz die Augen, und dann machen wir uns auf den Weg zum Restaurant.

Ich bin etwas besorgt, dass uns die Gesprächsthemen ausgehen könnten, doch als wir ein Gespräch anfangen, überrascht es mich, wie problemlos es verläuft.

„Wie ist dein Leben verlaufen? Wenn du ein wenig aufgepasst hast, weißt du ja, wie es mir ergangen ist", sagt er lachend. Lachend schüttle ich mit dem Kopf.

„Abgesehen von der Arbeit und dem College – jetzt noch mehr Arbeit. Ich habe euch nicht im Auge behalten, nachdem wir uns getrennt haben, jedenfalls nicht besonders", sage ich mit einem Augenzwinkern, und er lacht.

Sinnliche Klänge

„Und ich dachte, alle meine Exfreundinnen trauern mir solange nach, bis sie die Chance haben, mich wiederzusehen", sagt er neckisch. Dann blickt er mich ernst an. „Aber im Ernst, ich bin überrascht, dass dich noch keiner geschnappt hat. Ich dachte, du wolltest dir jemanden suchen und sesshaft werden."

„Das wollte ich. Aber ich würde gerne den Richtigen suchen und nicht nur irgendjemanden, verstehst du? Ich muss zugeben, den Richtigen zu finden ist schwieriger, als ich dachte." Wir lachen über meine Aussage, und er nickt zustimmend mit dem Kopf.

Wir erreichen das Restaurant und werden sofort zu unserem Tisch gebracht; es überrascht mich, dass er reserviert hat.

„Ich wollte sichergehen, dass wir einen Tisch bekommen. Wie ich schon sagte, wir wissen nicht, wann wir wieder weiter müssen, und ich wollte die Chance nicht verpassen, mich bei dir zu bedanken." Er rutscht etwas nervös hin und her, und ich ziehe verwundert die Augenbrauen hoch.

„Wie läuft es denn mit Caitlyn, wenn du mir die Frage erlaubst?"

„Fein. Eigentlich gut. Ich muss sagen, es überrascht mich. Sie handhabt das alles besser, als ich dachte und ich ... ich weiß nicht." Ich merke, dass er noch mehr sagen möchte, aber etwas hindert ihn daran. Ich spüre wieder dieses merkwürdige Gefühl von Eifersucht in mir aufsteigen. Doch anstatt mich darauf zu konzentrieren, greife ich nach meinem Getränk und versuche, das Gefühl wieder loszuwerden.

„Wäre es verrückt, wenn sie und ich wieder ein Paar werden würden?", platzt es plötzlich aus ihm heraus. Ich schaue ihn überrascht an.

„Was meinst du?", frage ich.

„Neulich hat Arya mich gefragt, ob es für uns möglich wäre, eine Familie zu sein. Ich weiß nicht. Sie will mich in ihrem Leben haben, aber nicht so, wie jetzt. Sie will, dass wir eine richtige Familie sind." Er schaut in sein Glas, und ich frage mich, seit wann er das schon mit sich herumschleppt.

„Ich glaube nicht, dass es merkwürdig wäre. Ich hoffe nur, dass es funktionieren würde", entgegne ich ihm. Ich will seine Hoffnungen nicht dämpfen, aber ich wünsche mir, dass er realistisch bleibt. „Ich meine, kannst du dir vorstellen, wie es wäre, wenn du und ich wieder zusammenkämen?" Ich weiß nicht, warum ich das sage, aber ich möchte seine Reaktion sehen.

Er hat in dieser Richtung nichts angedeutet – Gott, wir haben seit unserer Trennung kaum miteinander gesprochen – aber seit er wieder da ist, ist mir dieser Gedanke ein paar Mal gekommen.

Ich habe sogar die Anziehungskraft seiner Brüder auf mich hinterfragt, mich gewundert, ob ich sie nur als Ersatz für den einen Bruder benutze, den ich wirklich will. Doch mein Verstand treibt mir diese Idee sofort aus, besonders wenn ich daran denke, wie großartig die Nächte mit Tommy und James waren.

Aber die Tatsache, dass er darüber nachdenkt, wieder mit Caitlyn zusammenzukommen, weckt in mir die Neugier, ob er sich diese Frage auch schon einmal in Bezug auf uns gestellt hat. Und außerdem versuche ich herauszufinden, wie stark seine Gefühle für Caitlyn sind. Er beginnt zu lachen, und mir wird das Herz ein wenig schwer, doch dann lasse ich mich von seinem Lachen anstecken.

„Nein, das kann ich wirklich nicht. Was wir beide hatten, war sicher etwas Besonderes, aber ich glaube, keiner von uns ist auch nur noch annähernd die Person, die er damals war. Ich glaube nicht, dass heute etwas Gutes zwischen uns entstehen könnte." Er schüttelt den Kopf, lacht erneut, und ich nicke zustimmend mit dem Kopf.

Ein Teil von mir hasst es, ihm zuzustimmen – niemand wird gerne abgewiesen – aber ich muss es hinnehmen. Mir gefallen diese nostalgischen Gefühle, die von Zeit zu Zeit in mir aufkommen, nicht. Sie lenken mich nur von meinen wahren Gefühlen und von meiner wahren Situation ab – und beides besteht aus einer Kombination von Traurigkeit, Eifersucht und Naivität. Kein schönes Gefühl.

Während des Abendessens unterhalten wir uns wie alte Freunde. Er erzählt mir von dem Tattoo-Studio, das er in der Stadt betreibt, in der er momentan lebt, und ich erzähle ihm einige lustige Geschichten von der Arbeit – natürlich ohne vertrauliche Details meiner Patienten zu verraten.

Ich bin erstaunt, wie gut wir uns verstehen, ohne dass romantische Gefühle zwischen uns stehen. Das funktioniert, bis wir zum Auto kommen. Tanner läuft um den Wagen herum und öffnet mir die Tür. Bevor ich einsteige, lehnt er sich zu mir vor und küsst mich.

Obwohl ich überrascht bin, zögere ich nicht und erwidere den Kuss. Unsere Leidenschaft wächst, und wir schlingen die Arme umeinander. Ich spüre mein Verlangen nach ihm, und ich frage mich, was er wohl denkt. Es gibt keinen Zweifel an der Erotik dieses Kusses, aber ihm fehlt doch das Feuer, das ich bei seinen Brüdern gespürt habe.

Ganz plötzlich beendet er den Kuss und geht zur Fahrertür. Von der anderen Seite des Autos lächelt er mich an und steigt ein. Ich weiß nicht, ob ihm der Kuss leid tut, ob es mir leid tun sollte oder was er überhaupt denkt. Er sitzt auf dem Fahrersitz und schaut mich mit einem merkwürdigen Blick an.

„Ich weiß nicht warum, aber ich musste das tun", sagt er nach einigen Augenblicken. Er entschuldigt sich nicht, und ich fühle wieder diese Emotionen, von denen ich glaubte, ich hätte sie überwunden. Doch da ist noch ein stärkeres Gefühl. Ein

Gefühl, das mir sagt, dass wir besser Freunde bleiben und sonst nichts.

Während der Fahrt zu meinem Apartment reden wir nur über belanglose Dinge, und ich bin froh, dass die Stimmung zwischen uns nicht komisch ist.

Trotz allem bin ich etwas enttäuscht, dass er nicht aus dem Auto steigt. Ich glaube, mein Ego muss überprüft werden, wenn ich wirklich geglaubt habe, dass er nach allem dennoch mit reinkommt. Vielleicht tut mir seine Zurückweisung auf lange Sicht doch ganz gut.

Er steigt nicht aus und lächelt mich nur an. Dann bedankt er sich, dass ich mit ihm Essen gegangen bin, und er bedankt sich auch noch einmal dafür, dass ich ihm geholfen habe, Verbindung zu seiner Tochter aufzunehmen.

„Du weißt, dass ich alles für dich tun würde", sage ich durch das geöffnete Autofenster. Er nickt.

„Du bist einmalig", antwortet er mit einem herzerwärmenden Lächeln. Ich klopfe kurz gegen die Autotür, drehe mich um und gehe zu meinem Apartment. Er wartet noch einen Moment, bevor er losfährt, und ich widerstehe dem Drang, mich noch einmal umzudrehen.

Begleitet von einer Flut an Emotionen betrete ich meine Wohnung. Ich komme mir ein wenig dumm vor – jeder glaubt doch gerne, dass der/die Ex einen sofort wieder zurücknimmt, sobald sich die Chance bietet. Es trifft mich wie ein Schlag, dass ich dieser Vorstellung auch nachgegangen habe. Doch gleichzeitig spüre ich ein Gefühl des Abschließens und des Friedens, von dem ich gar nicht wusste, dass es mir fehlte.

Ich habe nun keinen Zweifel mehr daran, dass er und ich nicht wieder zusammenkommen, und das ist in Ordnung. Ich muss keine Zeit mehr damit verschwenden darüber nachzudenken, was vielleicht sein könnte. Auch wenn es mich ein wenig verletzt – zugegeben, er verletzt vorrangig mein Ego – so neige ich dazu, darauf zu hoffen, dass er und Caitlyn wieder ein Paar werden. Ich würde mich darüber freuen, sie glücklich zu sehen, und ich würde mich freuen, wenn Arya den Vater bekäme, den sie verdient.

Doch vor allem möchte ich, dass Tanner glücklich ist.

Das möchte ich wirklich.

KAPITEL ACHTZEHN

Tommy

Endlich hört das Klopfen an meiner Tür auf. Ich drehe mich auf den Rücken und lege meine Hand auf die Stirn. Ich habe alles versucht, um diesen Kater loszuwerden, aber aus irgendeinem Grund will er einfach nicht verschwinden. Nathan hat stundenlang versucht, mich aus dem Bett zu kriegen; erst hat er ständig angerufen, dann an meine Tür geklopft. Ich habe ihm mehr als einmal gesagt, dass er sich verpissen soll. Ich fühle mich mies, weil ich so harsch zu ihm war, aber ich will mich mit keinem dieser Ärsche herumärgern.

Sie sind sehr gut in der Lage, sich nur um sich selbst zu kümmern, außer in dem Moment, in dem ich wirklich nicht gestört werden will. Genau jetzt fallen sie alle über mich her und wollen wissen, was ich tue und was ich brauche.

Ich brauche verdammt nochmal meine Ruhe.

Die ersten Tage in der Stadt haben bei mir eine Flut von Emotionen ausgelöst. Ich dachte, ich hasse es hier, aber es kamen so viele Dinge zurück, dass ich mich ehrlich frage, was ich überhaupt wirklich gehasst habe und woran ich mich einfach nicht erinnern will.

Dann ist Nikki auf der Bildfläche erschienen. Ich wusste nicht, was ich von ihr halten soll oder was ich für sie fühlen soll. Sie ist einfach umwerfend. Das ist mir natürlich sofort aufgefallen, doch zuerst hatte ich keine Ahnung, was ich von ihr will.

Sie ist wie eine Droge. Sie bietet einen Ausweg aus der Dunkelheit, die ich ihn dieser Stadt fühle. Aber sie sorgt auch dafür, dass ich wieder Verbindung zu meinem Vater aufnehme, und das lässt mich innerlich zerbrechen.

Diese Zerbrechlichkeit habe ich gespürt, als ich die Stadt das erste Mal verließ, und nun habe ich dieses Gefühl erneut.

Gestern habe ich mich in der Hoffnung betrunken, die Begegnung mit meinem Vater zu vergessen. Tatsächlich fragt sich ein Teil von mir, ob ich nicht sogar versuche zu vergessen, dass ich überhaupt einen Vater habe.

Jetzt bin ich wieder nüchtern und muss mich wieder den Tatsachen des Lebens stellen, was ich absolut nicht möchte. Ich bin zu alt, und ich muss mich um viel zu viele Dinge kümmern, um mich wieder betrinken zu können. Außerdem ist es jetzt zehn Uhr morgens. Ich bin schließlich nicht Janus. Trinken am Tag überlasse ich ihm.

Ich seufze, als mein Telefon klingelt. Ich bin mehr als bereit, Nathan die beleidigenste Antwort zu schicken, die mir einfällt. Doch ich stelle überraschend fest, dass die Nachricht von Nikki ist.

Hey, ich habe schon seit ein paar Tagen nichts mehr von dir gehört. Ich wollte mich nur nochmal melden, bevor ihr Jungs euch auf den Weg macht.

Ich lächle vor mich hin. Es ist schön zu wissen, dass sich jemand für mich interessiert, der nicht mit mir verwandt ist oder sich auf andere Art mir gegenüber verpflichtet fühlt.

Jedoch weiß ich nicht, was ich ihr sagen soll. Ein Teil von mir möchte sich ihr gegenüber öffnen und meine Gefühle mit ihr teilen. Doch ein anderer Teil will sie genauso verschwinden lassen, wie den Rest der Welt.

Mir geht's gut. Bin nicht begeistert, wie die Dinge mit Dad gelaufen sind, aber gut. Was habe ich erwartet? Manche Menschen ändern sich einfach nicht, und ich weiß auch nicht, wie zur Hölle ich glauben konnte, er hätte sich verändert.

Ein Moment lang herrscht Stille, und ich frage mich, ob sie es mir übel nimmt, dass ich ihn so angefahren habe. Mir tut es nicht im Geringsten leid. Mir tut leid, dass ich ihm nicht deutlicher klargemacht habe, was ich empfinde. Mir tut leid, dass ich so lange gewartet habe, nur damit wieder genau das Gleiche passiert. Aber tut es mir leid, dass ich ihn in Gegenwart aller anderen direkt konfrontiert habe?

Zum Teufel, nein.

Mein Telefon klingelt erneut. Ich hebe es vom Bett auf und lese die Nachricht.

Ich will ja nicht wie eine Therapeutin klingen, aber vielleicht solltest du mit jemandem darüber reden. Was hältst du von einem Kaffee heute Nachmittag, und wir können uns unterhalten? Nicht darüber, wie es deinem Vater geht, sondern dir. Vielleicht kann ich helfen.

Ich fühle einen Stich in meinem Herz und bin mir nicht sicher, was ich davon halten soll. Ich weiß es zu schätzen, dass sie sich sorgt, aber mich anderen gegenüber zu öffnen, ist mir noch nie leicht gefallen. Ich brauche keine Therapeutin. Wenn es so wäre, hätte ich mir schon vor langer Zeit eine gesucht.

Doch Nikki ist mehr als eine Therapeutin. Sie ist eine Freundin, die sich um uns alle sorgt – die sich um meine ganze Familie sorgt – und ich weiß, dass sie mich nicht verurteilen oder mir etwas sagen würde, das die Situation noch schlimmer macht. Also stimme ich zu.

Da ich jetzt einen Grund habe, das Bett zu verlassen,

schwinge ich die Beine aus dem Bett und setze mich auf. Ich stöhne kurz auf und frage mich, seit wann ich Alkohol nicht mehr so gut vertrage. Ich kann mich nicht erinnern, wann das angefangen hat. Es kommt mir vor, als konnte ich gestern noch ein Bier nach dem anderen in mich reinschütten, und heute geht es mir schon hundeelend, wenn ich Alkohol nur angucke.

Ich stehe auf und ziehe mich an. Gerade, als ich mich rasiere, klingelt mein Telefon. In dem Glauben, dass es Nikki ist, nehme ich einfach ab, ohne aufs Display zu gucken.

„Hallo?"

„Tommy? Mein Gott, du klingst wie der Tod höchstpersönlich."

Obwohl ich die Stimme erkenne, schaue ich auf das Display. Es ist Joe.

„Es war eine wilde Nacht. Was willst du?", frage ich ungeduldig.

„Du musst zur Werkstatt und nachsehen, was der Bus macht. Ich verstehe kein einziges Wort von dem, was Javier sagt, und ich traue Greg in dieser Sache nicht. Melde dich bei mir, wenn du weißt, was los ist."

Ich verdrehe die Augen. Natürlich muss ich heute den Mechaniker spielen.

„Was zur Hölle, Joe? Haben die das Teil immer noch nicht eingebaut?", schimpfe ich.

„Du tust schon wieder so, als wäre das meine verdammte Schuld. Dabei bin ich der Einzige, der versucht, euch da rauszuholen."

„Soweit ich weiß, warst du es, der die gute Idee hatte, dass wir hier auftreten", erinnere ich ihn.

Sofort ändert er das Thema. „Egal. Geh einfach hin, sieh es dir an und melde dich wieder bei mir. Sobald ich weiß, was los ist, kommen wir auch weiter."

„Blödes A...", antworte ich und lege auf. Nun muss ich Nikki absagen, was mir ganz und gar nicht gefällt.

Hey, Süße. So wie es aussieht, schickt mich der Arsch, für den ich arbeite, zur Werkstatt. Treffen wir uns ein anderes Mal, in Ordnung?

Ich lege mein Telefon zur Seite und führe den Rasierer über mein Gesicht. Als das Telefon erneut klingelt, nehme ich es in die Hand und hoffe, dass sie mit mir streitet.

Das tut sie nicht.

Oh nein! Ich hoffe, ihr kriegt das schnell hin, aber sonst klingt das ganz gut. Melde dich bei mir, wenn du Zeit hast. Ich will dich wirklich nochmal sehen, bevor du gehst!

Ich seufze. Ich habe keine Ahnung, was für eine Antwort ich erwartet habe, doch diese war es nicht. Ich lege den Rasierer zur Seite und tippe eine kurze Antwort.

Sicher.

Ich drücke auf senden und schiebe sie aus meinen Gedanken.

KAPITEL NEUNZEHN

James

„Wir werden bald eine Entscheidung treffen müssen. Du weißt, wie er ist. Er liebt es, bis zur letzten Sekunde zu warten, bevor er uns etwas mitteilt, und das lässt nicht viel Zeit, um uns darum zu kümmern." Ich weiß, dass ich Tommy das nicht zu sagen brauche. Ehrlich gesagt lasse ich auch vielmehr meinen Frust an ihm aus.

Er nickt. Ich kann ihm ansehen, dass er mindestens genauso frustriert ist wie ich, aber er scheint auch noch immer wegen dem angespannt zu sein, was letztens mit unserem Vater geschehen ist. Ihn beschäftigen mehr Dinge, als mich, und irgendwie tut er mir leid.

„Joe hat mir heute Morgen gesagt, dass er nicht davon ausgeht, dass wir noch viel länger warten müssen, doch Javier scheint zu glauben, dass der Bus mindesten noch eine Woche stillsteht." Tommy schüttelt den Kopf. Ich habe ihn nicht zur

Werkstatt begleitet, daher ist er der Einzige, der weiß, wie schlimm es tatsächlich ist.

„Also was sollen wir seiner Meinung nach tun?", frage ich. Ich fürchte mich schon fast vor der Antwort, aber ich weiß auch, dass wir den Tatsachen früher oder später ins Auge sehen müssen.

„Ich habe ihn angerufen und fast eine Stunde mit ihm gesprochen und alle Optionen diskutiert, die wir haben. Letztlich läuft es immer darauf hinaus, dass wir mit der Tour weitermachen müssen und zurückkommen können, wenn der Bus repariert ist. Wenn wir uns Flugtickets besorgen, müssen wir uns nicht so sehr um den Zeitplan sorgen." Während er redet, starrt er auf den Fußboden seines Hotelzimmers, und ich setze mich aufs Bett.

„Hat er das Geld, um dafür zu bezahlen? Ihm ist doch wohl klar, dass wir auf unsere eigenen Kosten leben, seit wir hier sind, und der verlängerte Hotelaufenthalt ist auch nicht besonders billig." Der Gedanke aufzubrechen frustriert mich mehr, als die Sache mit den Flugtickets. Wenn ich aber schon dazu gezwungen werde, zu gehen, dann sollte er die verdammten Flugtickets besser bereit haben.

„Er sagte, das Geld sei schon unterwegs, und sobald wir können, brauchen wir nur noch die Tickets zu holen. Wenn wir jetzt buchen, können wir zum Wochenende schon auf dem Weg sein. Was ehrlich gesagt ideal wäre. Du weißt genauso gut wie ich, dass wir es uns mit der Plattenfirma nicht verscherzen dürfen, sonst fangen wir wieder bei null an." Tommy redet, doch wir sehen uns nicht an.

Ich nicke. Er hat Recht. Wir haben so lange und so hart gearbeitet, um das Album dorthin zu bringen, wo es jetzt ist; wir dürfen es uns mit den Fans nicht versauen und noch mehr Auftritte absagen.

Doch die Art, wie er über die Situation redet, lässt mich glauben, dass er es gar nicht so eilig hat, hier wegzukommen.

„Worum geht's?", frage ich nach einem Moment des Schweigens.

„Was?"

„Komm schon, ich sehe es dir an. Du willst hier genauso wenig weg wie ich. Worum geht's?", bohre ich nach. Er schaut mich eindringlich an.

„Warum willst *du* nicht weg?", keift er mich an. Ich zucke zusammen. Auf die Frage bin ich nicht vorbereitet. Ich seufze.

„Ist es wegen Dad oder wegen Nikki?", frage ich.

Er zieht die Augenbrauen hoch. „Du darfst mir ruhig etwas zutrauen. Ich weiß, dass ihr ein paar Mal miteinander ausgegangen seid, und ich habe gesehen, wie du sie angeschaut hast, als wir bei Dad waren. Da geht etwas vor."

Ich blicke ihm fest in die Augen, mich interessiert die Antwort aus verschiedenen Gründen, doch er lacht.

„Du meinst, als du wie ein verliebter Schuljunge mit geflirtet hast? Was zum Teufel? Das war uns allen peinlich!" Er grinst schief und schüttelt den Kopf, und ich weiß, dass er mich provozieren will.

Ich schiebe meinen Ärger beiseite, ich will die Wahrheit wissen.

„Bist du sicher, dass du sie willst oder geht es nur darum, was sie für uns tun kann?", frage ich. Er schaut mich erneut mit hochgezogenen Augenbrauen an, und ich rede weiter. „Ich meine, es hat sich so angehört, als wolle sie die Dinge zwischen uns und Dad in Ordnung bringen. Ich werde nicht lügen – ich dachte, das wäre eigentlich ziemlich toll gewesen." Etwas in dieser Art habe ich ihm gegenüber noch nie geäußert, doch ich sehe ihm an, dass er mir zustimmt. Wir wollen es nicht zugeben, nicht einmal uns gegenüber, aber wir wollen dieses Verhältnis zu unserem Vater. Wir wollen nur eine Beziehung, die für uns und unseren Vater funktioniert.

„Ich weiß nicht, Mann. Dieses Mädchen sorgt einfach für eine ganze Menge Durcheinander. Sie ist so anders, als ich sie in Erinnerung habe. Aber du könntest Recht haben; ich weiß einfach nicht mehr, was ich überhaupt noch fühle. Und ich denke, es liegt an dieser verdammten Stadt." Tommy schüttelt den Kopf und läuft unruhig hin und her. Mich überkommt ein Gefühl der Erleichterung.

„Ich weiß, was du meinst. Es ist, als käme alles aus der Vergangenheit wieder hoch: das Gute, aber auch das Schlechte", antworte ich.

Er nickt, und es folgen ein paar Sekunden der Stille. Dann wechselt er das Thema.

„Ich denke, am besten rufen wir alle zusammen und sagen ihnen, dass wir ausziehen. Wir können nicht hier bleiben und unser ganzes Geld verschwenden, während wir darauf warten, dass dieser beschissene Bus repariert wird. Wir müssen uns vorrangig auf unsere Karriere konzentrieren." Er klatscht in die Hände, und ich nicke, auch wenn ich nicht zustimmen will.

Aber er hat Recht. Wir können nicht ewig in dieser Fantasie leben, und wir müssen ein Album promoten. Niemand wird sich darüber freuen zu gehen, aber das ist nun einmal das Leben eines Rockstars – immer unterwegs.

Bevor wir zurückkamen, hat niemand von uns überhaupt daran gedacht, auch nur einen Fuß in diese Stadt setzen zu wollen. Wir werden keinen Wutanfall bekommen, weil wir die Stadt verlassen müssen.

„Ich werde den anderen eine Nachricht schicken", sage ich und stehe vom Bett auf. Tommy nickt zustimmend mit dem Kopf.

„Ich rufe Joe an und werde sehen, was wir seiner Meinung nach tun sollen bezüglich der Tour. Er wird mehr Informationen über die nächste Stadt für mich haben. Wir versuchen, bis zum Wochenende hier weg zu sein." Ich nicke, verlasse das Zimmer und ziehe die Tür hinter mir zu.

Sobald ich im Flur bin, zögere ich damit, die Nachrichten zu verschicken. Ich werde es tun, aber ich möchte mir noch etwas Zeit lassen und über Tommys Worte und meine Gefühle nachdenken.

Er besteht darauf, dass Nikki für ihn lediglich eine Ablenkung ist. Aber mir fiel es schon immer schwer, ihn zu durchschauen. Ich könnte schwören, dass da etwas zwischen ihnen vorging, als sie zusammen in diesem Krankenzimmer waren.

Doch das scheint in wenigen Tagen ohnehin egal zu sein. Heute ist Mittwoch. Wenn Tommy und Joe wollen, dass wir spätestens zum Wochenende weg sind, bedeutet das, dass wir nur noch wenige Tage hier sind.

Es gibt noch einige Dinge, um die ich mich kümmern will. Aber vor allem will ich Nikki noch erwischen.

Ich werde meine Brüder benachrichtigen, sobald ich eine Minute Zeit habe, doch jetzt schreibe ich der Person, die mir am stärksten im Kopf herumschwirrt.

Nikki.

KAPITEL ZWANZIG

Tanner

Ich sitze, klopfe mit den Fingern auf die Tischplatte und beobachte den Regen, der gegen die Fensterscheibe prasselt. Ich habe gerade ein Telefonat mit James beendet. Die Entscheidung ist gefallen.

Wir verlassen die Stadt so bald wie möglich.

Ich hatte gehofft, dass die Verzögerungen bei dem Bus dafür sorgen würden, dass wir noch ein paar Tage in der Stadt bleiben könnten. Aber ich weiß, dass James und Tommy Recht haben und wir die Tour fortsetzen müssen, um die Fans nicht zu verärgern.

Ich denke kurz daran, dass ich noch das Tattoo-Studio als Einkommensquelle habe, doch sollte ich die Band für meine Familie verlassen, muss ich einen Weg finden, das Geschäft hierher zu verlegen. Ich kann mir nicht vorstellen, dass Caitlyn ihre Heimatstadt verlassen will oder dass Arya ihr gewohntes Umfeld verlassen möchte, wenn alle ihre Freunde hier leben.

Klar, ich habe keine Probleme damit, alles hinter mir zu lassen, aber von meiner Familie kann ich das nicht verlangen.

Das heißt, falls wir überhaupt eine Familie werden.

Mein Telefon klingelt, und ich werfe einen Blick darauf. Ich weiß nicht, wen ich erwartet habe, doch als ich Caitlyns Namen auf dem Display lese, schlägt mir plötzlich das Herz bis zum Hals. Es ist das erste Mal, dass sie sich wieder bei mir meldet, seit ich sie vor einigen Tagen so abgewürgt habe. Ich weiß auch gar nicht, wie ich ihr erklären soll, dass ich wohl bald schon wieder weggehen werde.

Ich würde ihr gerne sagen, dass ich gewillt bin, eine Fernbeziehung zu führen, solange ich unterwegs bin; aber ich weiß nicht wie. Ich weiß ja noch nicht einmal, wie ich ihr sagen soll, dass ich überhaupt an sie denke. Widerwillig öffne ich ihre Nachricht.

Falls du nicht zu beschäftigt bist, würde deine Tochter dich heute gerne sehen. Sie ist nicht gerade glücklich darüber, dass du sie gestern hängen gelassen hast. Und ihre Mutter ist es noch weniger.

Ich zucke zusammen. Ich will mich nicht mit Caitlyn streiten, aber ich weiß, dass ich mir etwas anhören kann, wenn wir uns das nächste Mal sehen. Da mir die richtigen Worte für eine ausführliche Antwort fehlen, fasse ich mich kurz.

Großartig. Ich würde mich freuen, euch zu sehen.

Bevor ich meine Meinung ändern kann, schicke ich die Nachricht ab. Sofort danach erhalte ich einen Anruf und stelle erleichtert fest, dass es Nikki und nicht Caitlyn ist.

„Hallo?"

„Was machst du gerade?" Nikki klingt gut gelaunt, eine willkommene Abwechslung gegenüber der Enttäuschung meiner Ex.

„Nicht viel. Ich versuche gerade Zeit zu finden, um Arya noch einmal zu besuchen, bevor ich verschwinde. Ich schätze, wir reisen bald ab." Ich weiß nicht, wie viel sie weiß, und ehrlich gesagt ist es mir auch egal. Die Situation mit meiner Tochter ist schon angespannt genug, und ich habe keine Zeit, mir auch noch um Nikkis Gefühle Gedanken zu machen.

„Tut ihr das? Schade. Ich habe mich gefragt, ob du heute Nachmittag etwas unternehmen möchtest?" Wenn ich es nicht besser wüsste, würde ich sagen, dass sie eifersüchtig klingt. Dabei dachte ich, wir hätten das neulich Abend geklärt und sie ist glücklich damit, dass wir nur Freunde sind.

„Nun, ich habe gerade zugesagt, meine Tochter zu besuchen. Ich hoffe, du verstehst das", antworte ich nach einigem Zögern. Das Letzte, was ich will, ist, dass beide Frauen sauer auf mich sind. Doch es wird Zeit für mich, Prioritäten zu setzen.

„Verbringst du nur Zeit mit Arya?", fragt Nikki schließlich. Dieses Mal höre ich an ihrer Stimme, dass sie sich Informationen erhofft, und ich seufze. Ich will dieses Gespräch nicht mit ihr führen, und ich hoffe, dass wir nicht streiten werden. Gleichzeitig muss ich meinem Gefühl treu bleiben. Und außerdem schienen wir uns neulich Abend einig zu sein.

„Ich weiß nicht. Ich will die Dinge mit Caitlyn in Ordnung bringen, aber sie scheint zu glauben, dass ich ihr wieder wehtun werde. Ich weiß nicht, was ich machen soll." Ich kann nicht verstehen, warum es mir so leicht fällt, mich Nikki gegenüber zu öffnen, ich weiß einfach, dass ich ihren Worten vertrauen kann.

„Weißt du, was ich denke?", fragt sie schließlich. Ich zögere einen Moment und bin unsicher, ob es wissen will.

„Ich würde liebend gerne wissen, was du denkst", lüge ich.

„Ich denke, du solltest die beiden ausführen. Probier' aus, wie es sich anfühlt, mit beiden Zeit zu verbringen, und teste, ob du und Caitlyn miteinander klarkommt. Sie ist verletzt, Tanner, und du bist es sicherlich auch. Aber ich glaube, ihr beide wollt für eure Tochter nur das Beste, und ich denke auch, dass ihr beide schon darüber nachgedacht habt, eine Familie zu sein.

Wenn da immer noch etwas zwischen euch ist, müsst ihr zusammen entscheiden, ob es einen Versuch wert ist." Ich höre die Wahrheit in ihren Worten, und ich ergreife die Möglichkeit.

„Weißt du, ob sie in der Therapie etwas gesagt hat? Glaubst du, ich habe eine Chance, wieder mit ihr zusammenzukommen?", frage ich ungeduldig.

„Therapeuten unterliegen der Schweigepflicht und dürfen den Inhalt einer Sitzung niemandem weitererzählen. Nicht einmal anderen Therapeuten", erwidert sie. Doch ich kann ihr anhören, dass sie gerne mehr sagen würde.

„Alles klar. Ich schätze, ich werde dann beide ausführen", antworte ich schließlich.

„Ich denke, das ist eine tolle Idee. Dräng' sie nur nicht. Sei du selbst und warte einfach ab, was passiert. Ihr habt euch damals ineinander verliebt, weil ihr offen und ehrlich zueinander wart. Genau das solltest du wieder sein."

Durch ihre Worte habe ich so viel Hoffnung, wie schon seit langer Zeit nicht mehr. Noch nie wollte ich sie so sehr küssen, wie in diesem Moment. Aber ich wollte die Dinge mit Caitlyn auch noch nie so unbedingt in Ordnung bringen wie jetzt.

„Danke für deinen Rat", sage ich schließlich und höre sie schlucken, bevor sie mir antwortet.

„Du weißt, ich würde alles für dich tun", sagt sie nach einigen Sekunden.

„Ich schulde dir wirklich was", entgegne ich leise.

„Viel Glück", wünscht sie mir mit herzlicher Stimme.

„Danke."

Ich lege den Hörer auf und gehe ins Badezimmer. Ich will sichergehen, dass ich einen ordentlichen und gepflegten Eindruck mache, wenn ich versuche, Caitlyn zurückzugewinnen. Zurück im Zimmer, nehme ich mein Telefon vom Bett und kann nicht mehr aufhören, zu grinsen.

Ich werde Nikkis Rat folgen. Ich werde Caitlyn nicht drängen, aber ich werde ihr gegenüber offen sein und ihr zuhören, wie sie sich die Zukunft vorstellt.

Immerhin ist das meine Chance, meine Familie zurückzubekommen. Dafür bin ich bereit, alles andere hinten anzustellen.

KAPITEL EINUNDZWANZIG

Nikki

Ich laufe in meinem Apartment hin und her und rede mir selbst ein, dass ich mich damit abfinden muss, dass es für mich und Tanner keine gemeinsame Zukunft gibt.

Jedes Mal, wenn ich glaube, dass ich diese Tatsache endlich in meinen Kopf bekommen habe, macht sich ein bedrückendes Gefühl in mir breit, und ich frage mich, ob es die richtige Entscheidung ist, mich von der Idee einer gemeinsamen Zukunft zu verabschieden.

Ich weiß, dass es richtig von mir war, Tanner zu raten, mit Caitlyn auszugehen und zu sehen, ob er die Dinge mit ihr in Ordnung bringen kann. Doch ein Stich in meinem Herzen macht mir klar, dass dieser Rat seinen Preis hat.

Langsam bekomme ich den Eindruck, dass diese schleichende Eifersucht, die mich begleitet, weniger mit Tanner sondern viel mehr mit mir selbst zu tun hat. Von all meinen Exfreunden war er der einzige, mit dem ich mir eine gemeinsame Zukunft überhaupt hatte vorstellen können. Wenn er sein Leben nun mit jemand anderem teilen wird, wo bleibe ich da?

Ich habe mir immer einen Ehemann und Kinder gewünscht, doch nachdem Tanner und ich uns getrennt hatten, habe ich nie wieder für jemanden so starke Gefühle entwickelt wie für ihn. Ihn jetzt mit seiner Tochter zu sehen und der Gedanke an einer möglichen Versöhnung zwischen ihm und Caitlyn, wecken Zweifel in mir, ob ich jemals das Leben haben werde, von dem ich immer geträumt habe.

Ich schüttle meinen Kopf und versuche, die Selbstzweifel loszuwerden. Dann kommt mir plötzlich eine Idee. Es macht keinen Sinn, voller Selbstmitleid in meinem Apartment herumzusitzen. Wenn es keine Verabredung mit Tanner gibt, dann muss ich mir halt jemand anderen suchen, mit dem ich Zeit verbringen kann.

Ich denke darüber nach, James anzurufen und zu fragen, was er gerade macht, doch irgendetwas hält mich zurück. Ich fand unser Date sehr spaßig und ungezwungen, andererseits hatte das Zusammensein mit James etwas sehr Intensives. Heute Abend ist mir einfach nicht danach, meine Gefühle für ihn zu erklären. Tanner hat gesagt, sie planen bald abzureisen, und ich möchte mich emotional nicht noch stärker an James binden – in diesem Fall würde ich garantiert nur wieder verletzt werden.

Mir ist klar, dass ich das, was zwischen mir, James und seinem Bruder vorgeht, bestenfalls als eine „Freunde mit gewissen Vorzügen"-Sache betrachten kann, dennoch will ich nicht über seine baldige Abreise nachdenken. So sehr ich auch versuche, mich davon zu überzeugen, dass zwischen uns nichts läuft – wir haben die Zukunft mit keinem Wort erwähnt. Abgesehen von dieser schwammigen Aussage über mögliche Konkurrenz haben wir überhaupt nicht über unsere Gefühle gesprochen. Seitdem hat er kaum mit mir gesprochen, abgesehen von ein paar Textnachrichten. Von daher vermute ich, dass seine Worte eher etwas mit männlichem Stolz als mit wahren Gefühlen für mich zu tun hatten.

Und doch bin ich mir sicher, dass James' Abreise ein kleines Loch in mein Herz reißen wird, das viel mehr wehtun wird, als Tanners Abschied vor einigen Jahren. Damals wurde einem anderen Mädchen das Herz gebrochen.

Mit mir hat er lediglich auf abrupte und schmerzhafte Weise eine Freundschaft beendet.

Ich treffe eine Entscheidung, schaue auf mein Telefon und diskutiere mit mir selbst darüber, ob ich Tommy schreiben und ihn fragen soll, ob es in Ordnung wäre, wenn ich vorbeikomme. Ich kann mir nicht vorstellen, dass er im Hotel etwas macht, bei dem ich nicht dabei sein könnte. Gleichzeitig möchte ich aber keine angespannte Situation hervorrufen.

Warum tauchst du nicht einfach bei ihm auf und vögelst mit ihm? Du weißt, dass du dich danach besser fühlst und, anders als bei James, musst du dir bei ihm keine Sorgen machen, dass du dich eventuell in ihn verlieben könntest. James ... der Gedanke schießt mir durch den Kopf und mit einem schiefen Lächeln gehe ich zum Kleiderschrank und suche mir ein passendes Outfit zusammen – nicht zu offenherzig, nicht zu konservativ.

Etwas, das ihm verrät, dass ich nicht ganz ohne Absichten gekommen bin, ohne dabei offensichtlich zu zeigen, dass ich auf Sex aus bin. Ich binde meine Haare zu einem Pferdeschwanz zusammen und mache mich auf den Weg zum Hotel.

Ein Teil von mir ist erleichtert, dass mir auf dem Weg zu Tommys Zimmer keiner seiner Brüder begegnet. Ohne Schwierigkeiten erfahre ich Tommys Zimmernummer von der Dame am Empfang. Sie gibt mir aber noch den Hinweis, dass auf der Etage einige Bridges wohnen, und sie wünscht mir Glück, dass ich auch den richtigen finde.

Ich versichere ihr, dass ich die Brüder alle kenne und mache mich auf den Weg zu seinem Zimmer. Ich bete, dass mir niemand begegnet.

Mit aufrechten Schultern klopfe ich an die Tür und lächle, als sie sich öffnet. Tommy schaut mich überrascht an und mustert mich anschließend mit einem lustvollen Blick von oben bis unten.

„Tut mir leid, dass ich nicht vorher angerufen habe, aber ich dachte, wir könnten heute Nachmittag etwas Spaß zusammen haben", sage ich mit einem Grinsen. Ich betrete das Zimmer, lege ihm meine Hände auf die Schultern und küsse ihn. Tommy erwidert den Kuss, doch irgendetwas an seinen Berührungen lässt mich zögern. Ich spüre, dass etwas anders ist, nur weiß ich nicht was.

Ich versuche, seinen Hals zu liebkosen, doch ich merke erneut, dass etwas nicht stimmt. Ganz offensichtlich hält er sich zurück, und es fühlt sich an, als wäre er kurz davor, mich wegzuschubsen. Ich gehe einen Schritt zurück, richte meine Klamotten und blicke ihn mit weiten Augen an.

„Geht es dir gut?", frage ich. Er lächelt und schaut mich erneut mit diesem lustvollen Blick an. Doch er scheint mit sich zu kämpfen.

„Ich weiß nicht, ob das eine gute Idee ist", sagt er.

Mir wird das Herz schwer. In meinem Magen bildet sich ein Knoten, und ich spüre den Schmerz der Zurückweisung.

„Was stimmt nicht? Habe ich dir was getan?", frage ich ein wenig zu unfreundlich.

„Über was regst du dich auf? Du bist unangekündigt hier aufgetaucht. Was zum Teufel hast du denn gedacht, würde passieren?" Tommys Ton ist ebenfalls nicht sehr freundlich, und ich frage mich, was passiert ist, seit wir uns das letzte Mal gesehen haben.

„Als wir das letzte Mal alleine waren, schien es dich nicht gestört zu haben!", keife ich und verschränke die Arme.

Er schaut mich mit hochgezogenen Augenbrauen an und in seinem Gesichtsausdruck erkenne ich wieder das alte Arschloch von früher. Ich fange an mich zu fragen, wie ich jemals auf die Idee kommen konnte, dass zwischen uns etwas sein könnte.

„Das war, bevor hier alles schief gelaufen ist. Komm schon, Nikki, du kennst meinen Lebensstil. Du weißt, dass zwischen uns nie etwas laufen wird", sagt er rundheraus.

Ich schaue ihn verletzt an. Es stimmt, ich weiß das alles. Das ist teilweise der Grund, warum ich überhaupt hier bin. Doch mir gefällt es nicht, wenn er es so sagt. Genau wie bei Tanner gefällt es mir einfach nicht, abgewiesen zu werden. Und nun wurde ich schon zweimal innerhalb weniger Tage abgewiesen.

„Weißt du, ich weiß gar nicht, was ich erwartet habe. Vielleicht, dass du dich verändert hättest? Vielleicht, dass du nur einmal an jemanden anderen denkst als nur an dich selbst? Sag du mir, was ich mir gedacht habe, Tommy, da du mich ja so gut zu kennen scheinst!" Ich weiß nicht, wo die Worte herkommen, aber ich werde mich nicht zurückhalten.

Ich muss gestehen, nach der Woche, die ich erlebt habe, fühlt es sich gut an, zu streiten. Auch wenn es vielleicht das falsche Ziel trifft.

Er schaut mich einen Moment an, bevor er mit einem humorlosen Lächeln den Kopf schüttelt.

„Ihr Frauen seid doch alle gleich", sagt er lachend.

Ich werde wütend, doch ich werde mich nicht länger streiten. Ich muss hier nicht stehen und ihm dabei zuhören, wie er mich heruntermacht. Am liebsten würde ich ihm eine runterhauen, aber ich will ihm nicht die Genugtuung geben und ihm zeigen, dass seine Worte mich treffen.

Einen Moment lang stehe ich ganz ruhig da, die Hände in den Nacken gestützt. Dann schaue ich ihn mit dem gleichen arroganten Grinsen an, wie er mich.

„Weißt du was? Du hast Recht, wir sind alle gleich. Genau

wie ihr!" Ich warte nicht auf seine Antwort, stattdessen drehe ich mich um und gehe zur Tür. Ich lege meine Hand auf den Türknauf, zögere noch einen Moment und drehe mich noch einmal zu ihm um.

„Ich hoffe, du findest wonach du suchst, Tommy. Und ich hoffe, du kannst die Dinge mit deinem Vater in Ordnung bringen, bevor es zu spät ist." Seine Mimik verändert sich, und ich weiß, dass ich die eine Sache erwähnt habe, die ihm den Rest geben wird.

Ich öffne die Tür, stürme hinaus und schmeiße die Türe hinter mir zu. Es ist mir egal, ob der laute Knall die übrigen Brüder alarmiert. Es ist mir egal, was andere hiervon halten. Ich eile den Flur entlang, betrete den Aufzug und ignoriere die Tränen, die mir in die Augen schießen.

„Scheiß auf ihn! Scheiß auf sie alle!", murmele ich vor mich hin und haue meine Faust gegen die Erdgeschosstaste. Die Aufzugtür schließt sich, und ich reibe mir mit der Hand einmal über die Augen.

Ich werde diesem Mann nicht nachweinen, egal was er sagt oder tut. Ich werde es vielmehr als einen Schritt nach vorn betrachten.

Ich werde überhaupt keinem Mann nachweinen.

KAPITEL ZWEIUNDZWANZIG

Tommy

Aus dem Regenschauer, der heute Morgen eingesetzt hat, ist ein ordentliches Gewitter geworden. Das trostlose Wetter wühlt mich noch mehr auf, als es Nikkis Besuch getan hat.

Ich wünschte, ich hätte einen Drink in der Hand. Ich weiß, dass in der Minibar etwas zu trinken ist, doch das bringt es einfach nicht. Ich will mich nicht betrinken. Ich will jetzt betrunken sein. Ich versuche nicht daran zu denken, wie schlecht die Dinge mit Nikki gelaufen sind, doch leider ist das alles, woran ich denken kann.

Frauen sind so verwirrend. Die Hälfte der Zeit sagen sie etwas und meinen doch das Gegenteil – wie zum Teufel soll ich sie verstehen, wenn sie widersprüchliche Signale aussenden? Hätte sie einfach angerufen und gefragt, ob sie vorbeikommen kann, dann hätte ich ihr am Telefon gesagt, dass ich das für keine gute Idee halte. Dann hätten wir diesen unschönen Streit gänzlich vermeiden können.

Vielleicht hätte ich sie gefragt, ob da etwas zwischen ihr und James läuft oder ob sie dabei ist, sich an mich binden zu wollen. Ich hätte ihr sagen können, dass ich bereit bin, nach vorne zu schauen und dass ich unsere gemeinsame Nacht neulich genossen habe.

Doch jetzt ist sie sauer auf mich, und ich bin sauer auf sie. Ich bin mir sicher, wer von uns beiden sich mehr irrt, und ich hasse es, mich wie der Böse zu fühlen. Ich kann ihr für so viele Dinge die Schuld geben, doch dann kommt mir mein Gewissen in die Quere und sagt mir, dass ich erst gar nicht mir ihr ins Bett hätte gehen dürfen.

Ich habe Schwierigkeiten mit der Impulskontrolle. Es gibt viele Dinge, die ich zum jeweiligen Zeitpunkt unglaublich genieße, doch dann beginne ich mich zu fragen, ob diese Dinge den ganzen Ärger, der meist folgt, wert sind. Der Sex mit Nikki war unglaublich, doch jetzt habe ich das Gefühl, dass es besser gewesen wäre, ich hätte sie nur aus der Ferne angehimmelt.

Besonders nachdem mich James auf diese komische Art über sie ausgefragt hat.

Ich wollte ihre Gefühle nicht verletzen, doch als sie hier so unangekündigt aufgetaucht ist, bin ich in Panik geraten. Ich will nicht, dass sie sich an mich bindet – schon gar nicht, wenn James an ihr interessiert ist – und ich will nicht die Person sein, zu der sie geht, wenn sie nicht weiß, was sie vom Leben will. Natürlich ist es mir schwer gefallen, nicht mit ihr ins Bett zu gehen, doch von dem Moment an, als sie mein Zimmer betrat, konnte ich spüren, dass mit ihr etwas nicht stimmte.

Man konnte ganz deutlich in ihrem Gesicht sehen – und an der Art, wie sie mich angemotzt hat – dass sie an irgendetwas zu knabbern hat, und ich kann mir denken, dass es etwas mit James zu tun hat.

Ich weiß noch immer nicht genau, welche Gefühle James für sie hegt, aber ich weiß, dass die beiden miteinander ausgegangen sind. Er hat nicht viel darüber erzählt, wie die beiden den Abend verbracht haben, daher vermute ich, dass er sehr ernste Gefühle für sie entwickelt hat.

Nicht zu vergessen seine Aussage, dass er es nicht besonders eilig damit habe, die Stadt zu verlassen. Ich bin nicht dumm; ich weiß, dass da etwas läuft, aber ich habe keine große Lust herauszufinden was. Entweder sie erzählen mir geradeheraus, was es ist oder sie halten mich daraus.

Mein Telefon klingelt und als ich die Nummer der Klinik sehe, fluche ich leise vor mich hin.

„Hallo?"

„Mr. Bridges?" Ich erkenne die Stimme der Arzthelferin.

„Ja, was wollen Sie?", keife ich sie an. Ich scheiße darauf, mich noch irgendjemandem gegenüber vernünftig zu verhalten.

„Hier ist Stef—", beginnt sie. Doch ich lasse sie gar nicht aussprechen.

„Ich habe es eilig und keine Zeit für Einleitungen. Können Sie mir einfach sagen, was Sie wollen?", keife ich erneut.

„Sir, ich muss Sie bitten, auf Ihren Ton zu achten. Ich rufe wegen Ihres Vaters an. Er möchte mit Ihnen sprechen, und er hat mir gesagt, dies sei der einzige Weg, auf dem Sie zu erreichen sind." Mit schroffer Stimme kommt sie gleich auf den Punkt, und ich verdrehe die Augen.

„Hören Sie, es ist mir egal, was mein Vater will. Sie können ihm sagen, dass ich es versucht habe, doch er hat sich nur wieder wie das arrogante Arschloch verhalten, das er schon immer war. Er hatte seine Chance und mehr bekommt er nicht. Wenn Sie mich nun entschuldigen, ich habe noch ein echtes Leben, um das ich mich kümmern muss." Ich will gerade auflegen, als sie mich stoppt.

„Ich verstehe ihren Frust, aber so wie der Krebs voranschreitet, sollten Sie Ihre Entscheidungen sehr gründlich überdenken. Sie erhalten vielleicht keine weitere Chance, ihn nochmal zu sehen wenn -"

Ich unterbreche Sie ein weiteres Mal. „Hören Sie, ich weiß, wie Krebs funktioniert. Und ganz ehrlich, die Beziehung zwischen mir und meinem Vater geht Sie gar nichts an. Und wenn Sie mich jetzt nicht in Ruhe lassen, werde ich Sie und meinen Vater wegen Belästigung bei der Klinikleitung melden. Habe ich mich klar ausgedrückt?" Ich warte. Ich bin einfach zu wütend, um mich hier wie das Arschloch zu fühlen, obwohl ich mich wie eines verhalte.

Es folgt ein Moment des Schweigens, bevor sie den Hörer auflegt, ohne auf meine Frage zu antworten. Ich lausche einigen Momenten dem Freizeichen und schmeiße das Telefon schließlich quer durch den Raum gegen die Wand.

Mir ist egal, ob es kaputtgeht. Mir ist egal, ob ich erreichbar bin oder nicht. Im Moment ist mir sogar die Band egal. In diesem Moment will ich mich eigentlich nur in Luft auflösen. Ich will, dass sich die ganze Welt verpisst, und ich will, dass alle Emotionen, die mich im Laufe der letzten Woche heimgesucht haben, einfach verschwinden.

Einige Minuten sitze ich nur still und halte mir die Hände vors Gesicht. Ich frage mich, ob ich meinen Kummer in der Flasche Whiskey, die in der Minibar steht, ertränken oder einfach abhauen soll. Ich will nicht wie mein Vater sein, und die Tatsache, dass ich darüber nachdenke, meine Probleme mit Whiskey zu lösen, macht mir noch mehr Angst davor, so zu werden.

Es gibt Tage, da ist es mir scheißegal, und ich kippe ihn einfach runter. Und dann gibt es Tage, an denen ich stärker bin als er es war und ich widerstehe. Heute will ich nicht so sein wie er. Heute möchte ich mich so sehr von ihm unterscheiden, dass wir gar nicht mehr als Vater und Sohn erkennbar sind.

Mir kommt eine Idee. Ich werde nicht hierbleiben und mich mit diesem Scheiß auseinandersetzen. Ich lasse es nicht zu, dass das Leben mir in den Arsch tritt. Ich werde die Kontrolle übernehmen, und ich werde dieses unsinnige Drama hinter mir lassen.

Wenn das bedeutet, dass ich für ein paar Tage verschwinden muss, dann ist das eben so. Ich werde von hier abhauen und diese ganze Woche vergessen. Ich werde bei unserem nächsten Zwischenstopp meine Dinge regeln und sobald die Jungs soweit sind und nachkommen, bin ich bereit für den nächsten Auftritt.

Ich schnappe mir mein Telefon und suche nach Flügen. Sobald ich alle Details geklärt habe, werde ich James eine Nachricht schicken und ihm meinen Plan erklären. Er kann sich um die Band kümmern, mich interessiert nur, dass ich so schnell wie möglich aus der Stadt komme und das alles hinter mir lassen kann.

KAPITEL DREIUNDZWANZIG

James

Warum gehst du nicht ans Telefon? Was ist los?
Ich drücke auf Senden und warte ungeduldig. Ich versuche schon den ganzen Tag Nikki zu erreichen, aber sie leitet mich immer zur Mailbox weiter. Normalerweise würde ich wohl vermuten, dass sie bei der Arbeit ist, doch da ihr Telefon nur zweimal klingelt, bevor die Mailbox anspringt, bin ich mir sicher, dass sie mich meidet.

Sie hat einige meiner Nachrichten von heute beantwortet, doch sie scheint mit den Gedanken woanders zu sein, und ich will wissen, was los ist. Ich kann mir nicht helfen, aber ich mache mir Sorgen um sie, besonders seit ich weiß, dass wir in ein paar Tagen abreisen werden.

Darüber möchte ich mit ihr sprechen, aber ich weiß nicht, wann ich die Möglichkeit dazu bekomme. Endlich brummt mein Telefon und in der Hoffnung, eine direkte Antwort von ihr zu bekommen, nehme ich es vom Tisch.

Es tut mir leid, James, ich fühle mich heute nicht so gut. Können wir ein anderes Mal reden?

Kopfschüttelnd lese ich die Nachricht ein paar Mal. Was zum Teufel meint sie damit, sie will ein anderes Mal reden? Weiß sie nicht, dass ich abreise? Gut, sie kennt vielleicht nicht den genauen Plan, aber sie muss doch wissen, dass ich nicht mehr lange hier sein werde.

Aber eigentlich vermute ich, dass sie von einem meiner Brüder erfahren hat, wann genau wir abreisen. Sie muss es wissen. Aber ich kann das nicht einfach ignorieren. Ich muss herausfinden, was mit ihr nicht stimmt.

Ich weiß nicht, ob es ein anderes Mal gibt. Können wir bitte miteinander reden?

Ich warte einige Minuten, doch als ich keine Antwort bekomme, versuche ich sie noch mal anzurufen. Es klingelt ein paar Mal, bevor ich wieder bei der Mailbox lande. Ich lege auf und fluche vor mich hin. Ich hasse es, wenn Frauen sich so verhalten, und ich hasse es noch mehr, dass Nikki sich so verhält.

Schließlich komme ich zu dem Schluss, dass ich es leid bin, darauf zu warten, dass sie ans Telefon geht. Ich werde das tun, was sie mit Sicherheit auch tun würde. Ich werde ein frisches Hemd anziehen, etwas Rasierwasser auflegen und dann zu ihrem Apartment fahren.

Wenn sie mich am Telefon ignoriert, dann muss ich sie von Angesicht zu Angesicht konfrontieren.

So einfach ist das.

„JAMES! Was machst du hier?" Nikki schaut mich überrascht an, nachdem sie die Tür geöffnet hat. Sie versucht, mir die Türe vor der Nase zuzuschlagen, doch ich stelle meinen Fuß in die Tür.

„Ich mache mir Sorgen um dich, Nikki. Komm schon, sprich

mit mir!", flehe ich sie an. Sie zögert, ihre innere Zerrissenheit ist deutlich erkennbar. Sie überlegt kurz, beißt sich auf die Lippe und öffnet mir schließlich die Tür.

„Es gibt nicht viel zu sagen", sagt sie einfach.

Ich schaue sie an. „Komm schon. Du bist doch nicht du selbst. Was ist los?", frage ich sie.

Ich prüfe ihr Outfit. Sie trägt andere Klamotten als üblich, und ich frage mich, ob sie mit jemandem verabredet ist. Ich erinnere mich selbst daran, dass mich das gar nichts angeht, dennoch spüre ich eine gewisse Eifersucht.

„Es ist gar nichts, wirklich. Mir ist einfach nicht nach reden." Sie dreht sich um und geht weg. Plötzlich habe ich eine Vermutung.

„Hast du dich vorhin mit Tommy gestritten?", frage ich. Ich verschränke die Arme und ziehe die Augenbrauen hoch, dann bleibt sie plötzlich stehen.

Langsam dreht sie sich herum und blickt mich über ihre Schulter an. Ihr Gesichtsausdruck verrät sie schon, bevor sie etwas sagt, und mir wird ganz flau in der Magengegend.

„Woher weißt du davon?", fragt sie.

Ich lächle sie schief an. „Süße, ich bin mir sicher, das ganze Hotel weiß davon. Es war ja kaum zu überhören."

Meine Worte hängen in der Luft, und sie wendet den Blick von mir ab. Ihr steigen die Tränen in die Augen, und mir zieht sich der Magen zusammen. Ich will gar nicht darüber nachdenken, was zwischen ihr und meinem Bruder vorgeht, aber ich kann nicht anders.

„Liebst du ihn?", frage ich sie. Sie sieht mich mit weit aufgerissenen Augen an.

„Ich liebe euch alle. Das weißt du. Das habe ich schon immer", antwortet sie mit leiser Stimme.

Ich muss lachen, doch es klingt nicht echt. So einfach lasse ich sie nicht davon kommen. „Du weißt, was ich meine. Hat er

Sinnliche Klänge 127

dir erzählt, dass wir in ein paar Tagen abreisen? Hast du ihm gesagt, dass du mit ihm zusammen sein willst, und er hat dich abblitzen lassen? Was ist es? Komm schon, ich weiß, dass da etwas ist. Was ist es?" Ich will nicht zugeben, dass ich verletzt bin, und so versuche ich, die Ruhe zu bewahren.

Ich sage mir selbst, dass wir beide nie darüber gesprochen haben, dass das mit uns weitergehen könnte, und ich weiß, dass sie die Sache zwischen uns als etwas Unverbindliches betrachtet. Es ist ja nicht ihre Schuld, dass ich mehr von ihr will. Sie kann tun und lassen, was sie will.

Abgesehen davon hat sie mir ja erzählt, dass sie sich mit jemandem trifft. Gott, ich hatte anfangs sogar den Verdacht, dass es sich dabei um Tommy handelt. Aber trotzdem macht mir die Gewissheit, dass sie meinen Bruder mir vorziehen würde, schwer zu schaffen. Und ich könnte ihn dafür umbringen, dass er ihr das Herz bricht.

„Nein, das habe ich nicht. Darum ging es nicht." Sie schweigt ein Minute, schaut auf den Boden und beißt sich erneut auf die Lippe. Das hat sie schon immer getan, wenn sie unsicher war. „Es war dumm, wirklich. Ich fühle mich schlecht wegen etwas, das ich über euren Vater gesagt habe, und ich will das wieder in Ordnung bringen. Aber andererseits war er auch gemein. Ich weiß nicht. Von solchen Sachen willst du bestimmt nichts hören." Sie hört auf zu reden, und ich schüttele den Kopf.

Ich mustere noch einmal ihr Outfit, bevor ich ihr in die Augen schaue.

„Warst du mit ihm im Bett?", frage ich. Eigentlich will ich die Antwort gar nicht hören, und dennoch muss ich die Frage stellen. Sie sieht aus, als wollte sie ausgehen und sich flachlegen lassen, und ich will nicht glauben, dass sie sich ihn dafür ausgesucht hat und nicht mich. Ich sehe den Schmerz in ihren Augen, und ich fürchte, damit habe ich meine Antwort.

„Alles, was wir getan haben, war streiten", sagt sie schließlich. Ich frage mich, was ihr Zögern zu bedeuten hat, und dann mustere ich ihr Outfit zum dritten Mal.

„Übrigens, ein nettes Outfit – nicht ganz das, was ich von jemandem erwartet hätte, der Streit sucht", bemerke ich.

Sie blickt an sich herab und verschränkt die Arme vor der Brust. Ihren Ausschnitt kann sie dennoch nicht verdecken. „Ich wähle meine Outfits nicht danach aus, mit wem ich mich eventuell streite", keift sie mich an.

Ich grinse arrogant. „Genau das meine ich." Meine Worte wirken einen Moment nach, dann schüttelt sie den Kopf.

„Sei nicht so, James. Das ... das bringt gar nichts."

Wut steigt in mir auf, doch ich will mich nicht mit ihr streiten. Ich will nicht auch so ein Arschloch sein wie mein Bruder. Sie mag ihn zwar auch verletzt haben, aber ich werde ihr zeigen, dass wir nicht alle gleich sind.

„Nun, ich bin nur gekommen, um sicherzugehen, dass es dir gut geht, und ich bin froh, dass es so ist. Melde dich einfach bei mir, wenn du etwas brauchst." Es ist offensichtlich, dass sie überrascht ist, doch sie sagt nichts. Sie nickt nur und beißt sich wieder auf die Lippe. Ich drehe mich und will gehen.

Mich beschäftigen immer noch einige Fragen, auf die ich noch eine Antwort haben will, aber ich weiß nicht, wie ich sie stellen soll, ohne dabei anklagend oder wütend zu klingen. Alles was ich will, ist, dass sie ehrlich zu mir ist. Ich hätte nie gedacht, dass das so schwer sein könnte.

Zurück am Auto checke ich mein Telefon. Tommy hat mir eine Nachricht geschickt, und ich zucke zusammen. Er ist der Letzte, von dem ich im Moment etwas hören will, aber es scheint wichtig zu sein, sonst hätte er mir nicht geschrieben.

Ich bin fertig mit dieser beschissenen Stadt. Ich nehme den nächsten Flug nach New York. Kriegt euren Kram auf die Reihe und sag' den anderen, dass sie sich beeilen sollen; wir haben immer noch einen Job zu erledigen.

Ich lese die Nachricht ein paar Mal und weiß nicht genau, wie ich darauf antworten soll. Wenn er so schnell wie möglich verschwindet, könnte er morgen schon weg sein. Das wäre wesentlich früher als geplant, und ich frage mich, ob Nikki Bescheid weiß. Ich blicke in Richtung ihres Apartment-Fensters und denke kurz darüber nach, ob ich zurückgehe und ihr sage, dass Tommy die Stadt verlässt.

Nach einigen Augenblicken stecke ich mir mein Telefon seufzend in die Hosentasche. In diese Geschichte will ich mich nicht einmischen. Wenn sie wissen will, wo Tommy ist, dann soll sie ihn selbst anrufen.

Soweit es mich betrifft, kann sie mir eine Nachricht schicken, wenn sie will – sie hat ja meine Nummer.

KAPITEL VIERUNDZWANZIG

Tanner

„Ich möchte dir nur sagen, dass wir heute wirklich viel Spaß hatten." Caitlyn schaut mich mit diesen strahlenden Augen an, die ich noch aus vergangenen Tagen kenne. Ich streiche ihr das Haar aus dem Gesicht und versuche dem Drang, sie küssen zu wollen, zu widerstehen.

„Das freut mich. Ich glaube, Arya hat es auch gefallen." Arya sitzt schlafend auf dem Rücksitz, und ich wünschte, ich müsste mich nicht von ihr verabschieden – von keinem der beiden.

„Du hast gesagt, dass du bald wieder abreist?", fragt Caitlyn, und ich nicke.

„Wir müssen die Tour zu Ende bringen, sonst kriegen wir Probleme mit der Plattenfirma. Sie werden sauer, wenn wir nicht genügend Umsatz machen oder die Fans werden sauer, wenn wir die Auftritte absagen." Ich schaue aus dem Fenster und rechne damit, dass sie wütend auf mich wird.

„Das verstehe ich. Ich schätze, mir war bisher nie klar, wie fordernd dein Lebensstil sein kann, aber jetzt verstehe ich es", antwortet sie.

Überrascht schaue ich sie an. „Das tust du?" Ich ziehe die Augenbrauen hoch, und sie lacht.

„Natürlich tue ich das. Es hat mir nie etwas ausgemacht, dass du ständig unterwegs warst, Tanner. Das hat mich nie gestört. Ich habe nur gehasst, wie du mich hängen gelassen hast." Sie richtet ihren Blick auf Arya. „Ich glaube nicht, dass du ihr das noch einmal antun kannst."

„Das könnte ich nicht. Ich könnte das keiner von euch noch einmal antun", antworte ich. Ich möchte sie fragen, ob sie mir noch eine Chance gibt, doch ich tue es nicht. Ich weiß nicht, wie ich sie fragen soll, ich merke aber, dass sie wartet.

„Jedenfalls hoffe ich, dass du einen besseren Kontakt hältst", entgegnet sie und setzt sich auf. Ich spüre, dass sie aussteigen will, und ich versichere ihr, dass ich das tun werde.

„Ihr werdet viel öfter von mir hören", sage ich lächelnd. Sie nickt anerkennend, doch in ihrem Blick liegen Enttäuschung und Traurigkeit.

„Und ich werde dich besser darüber auf dem Laufenden halten, was in Aryas Leben so passiert." Sie geht zum hinteren Teil des Autos, öffnet die Türe und weckt unser kleines Mädchen auf sanfte Art.

„Komm Süße, es wird Zeit reinzugehen", sagt sie. Verschlafen reibt Arya sich die Augen.

„Kommt Daddy mit?", frag sie. Ich spüre einen Stich im Herzen; ich wünschte, ich würde mitkommen.

„Heute nicht. Aber du wirst in Zukunft viel mehr Zeit mit ihm verbringen", antwortet Caitlyn lächelnd. Arya schaut traurig, widerspricht aber nicht.

„Geh rein und zieh deinen Schlafanzug an. Ich sage Daddy noch Auf Wiedersehen und komme dann nach." Sie hebt Arya aus dem Auto. Ich nehme sie in den Arm, gebe ihr einen Kuss und wünsche mir erneut und von ganzem Herzen, dass ich nicht weggehen müsste. Arya rennt ins Haus und mit jedem Schritt, den sie sich weiter entfernt, bricht mein Herz etwas mehr. Caitlyn kommt wieder zur Beifahrerseite und beugt sich zu mir herunter. „Danke noch mal."

„Weißt du, ich würde in Zukunft auch gerne hören, was in deinem Leben so passiert", sage ich lächelnd. Sie antwortet mit einem verunsicherten Lächeln, und ich kann mir vorstellen, dass die Situation für sie genauso schwierig ist wie für mich.

„Das werde ich", sagt sie schließlich. Ich habe den Eindruck, dass sie mich küssen möchte, doch irgendetwas hält sie davon ab.

Sie richtet sich auf, macht die Tür zu und verabschiedet sich mit einem leichten Winken.

Widerwillig starte ich den Wagen und fahre davon. Die ganze Zeit starre ich in den Rückspiegel und wünsche mir, sie würde mir hinterherschauen.

Ich weiß nicht, was mich dazu gebracht hat, zu Nikki zu fahren, doch ich stehe vor ihrem Wohngebäude, bevor ich überhaupt darüber nachdenken kann, etwas anderes zu tun.

Aus irgendeinem Grund scheint sie die einzige Person zu sein, mit der ich darüber reden kann, und ich brauche ihren Rat. Vielleicht liegt es daran, dass sie Therapeutin ist – sie hat offensichtlich Ahnung von solchen Dingen. Vielleicht liegt es auch einfach daran, dass wir eine gemeinsame Vergangenheit haben.

Was auch immer der Grund sein mag, ich habe das Gefühl, sie ist die Einzige, an die ich mich wenden kann, und ich möchte ihre Meinung zu dieser Situation hören.

„Tanner?" Sie öffnet die Türe und blickt mich überrascht an.

„Hey. Ich habe mich gefragt, ob du Lust hast, etwas trinken zu gehen?", frage ich nervös. Sie schaut mich von oben bis unten an, und ich kann ihr ihre Verwirrung ansehen. Ich will nicht, dass sie einen falschen Eindruck erhält, also rede ich schnell weiter. „Ich komme gerade zurück von Caitlyn und Arya, und ich muss wirklich mit jemandem reden."

Sie zögert, doch dieses Mal glaube ich nicht, dass es aus Eifersucht ist. Ich bitte sie als Freund um Hilfe, und das weiß sie auch.

„Aber es ist fast elf Uhr abends", entgegnet sie und blickt über ihre Schulter.

„Ich weiß, dass es spät ist, aber ganz ehrlich, ich brauche wirklich dringend einen Rat, und ich weiß, dass du die Einzige bist, die mir diesen Rat geben kann." Ich lache nervös und hoffe, dass sie den Witz dieser Situation erkennt. Mir fällt auf, dass sie angezogen ist, als sei sie aus gewesen oder vielleicht wollte sie gerade ausgehen.

„Hast du was vor?", frage ich sie. Sie schaut an ihrem Outfit herunter, offensichtlich etwas beschämt über das enge T-Shirt und die tiefsitzende Jeans. Bei der Arbeit kleidet sie sich durchaus professionell, doch privat weiß sie sich leger zu kleiden. Ich muss zugeben, sie sieht umwerfend aus.

„Oh nein. Ich habe mich vorhin mit einem Freund getroffen und noch keine Chance gehabt, etwas Bequemeres anzuziehen. Okay, wenn du das Gefühl hast, dass du dringend darüber reden musst, dann lass uns gehen." Sie greift hinter die Türe, nimmt ihre Jacke, und wir gehen zum Auto.

Mir rast das Herz vor Nervosität. Ich bin aber nicht wegen Nikki nervös, sondern wegen des Rats, den sie mir geben wird – nervös, dass sie mir sagen wird, dass das eine schlechte Idee ist oder dass ich einen Fehler mache, wenn ich riskiere, das Leben meiner Tochter durcheinanderzubringen.

Aber ich bin es leid, vor meinen Gefühlen davonzulaufen. Ich bin es leid, nicht zu wissen, was ich will, oder zu ängstlich zu sein, um meinen Gedanken Taten folgen zu lassen. Ich weiß, dass Nikki mir helfen kann, Ordnung in meine Gedanken zu bringen.

Wir fahren zur nächstgelegenen Bar und setzen uns an einen Tisch. Glücklicherweise sind nicht viele Menschen hier. Sie bestellt einen Drink und schaut mich erwartungsvoll an.

„Also, was ist so wichtig, dass du um elf Uhr abends mit mir darüber sprechen musst?", will sie wissen. Sie hält ihr Glas zwischen beiden Händen, und ich sehe, dass sie sich auf ein langes Gespräch vorbereitet. Ich nehme mein Bier und atme ein paar Mal tief durch, bevor ich anfange.

„Ich möchte, dass du mir hierzu deine ehrliche Meinung sagst. Sag nicht einfach das, was ich deiner Meinung nach hören will", fange ich an.

Sie schaut mich lachend an. „Wann habe ich dir jemals das gesagt, was du hören wolltest?", fragt sie.

Ich zucke mit den Schultern. Da ist was dran. Als wir zusammen waren, war das eines unserer Probleme. Ich fand sie immer schon schonungslos ehrlich, und sie sah nie ein Problem darin.

„Dann ist ja alles klar. Du wirst mir die Wahrheit sagen, also werde ich dir die volle Wahrheit sagen", entgegne ich grinsend. Ich nehme einen großen Schluck aus meiner Bierflasche, dann fange ich an zu erzählen.

„Also, es geht um mich und Caitlyn ..."

25

KAPITEL FÜNFUNDZWANZIG

Nikki

Ich tue mein Bestes, alles um mich herum zu ignorieren und mich voll und ganz auf Tanners Worte zu konzentrieren. Nachdem wir uns hingesetzt haben, bekomme ich den Eindruck, dass er eine Menge zu sagen hat, und ich bereite mich auf ein langes Gespräch vor. Wie sich zeigt, liege ich mit meiner Vermutung richtig.

Wir sitzen zusammen, und er beginnt ganz am Anfang – mit der Beziehung zu Caitlyn. Ich hatte schon vermutet, dass er über sie reden möchte, doch er erzählt mir Dinge, von denen ich keine Ahnung hatte. Er erzählt mir, welche Gefühle er während ihrer gemeinsamen Zeit für sie hatte. Er erzählt mir, wie er sich gefühlt hat, als er sie verlassen hat. Er erzählt mir sogar davon, wie er sich gefühlt hat, als er erfahren hat, dass die beiden ein Kind bekommen.

Ich hatte immer geglaubt, er war wütend auf sie und der Meinung, sie hatte es darauf angelegt, schwanger zu werden, um ihn in eine Beziehung zu zwingen. Doch die Art, in der er mir alles erzählt, lässt mich glauben, dass er sowohl glücklich darüber war zu erfahren, dass Arya seine Tochter ist, als auch darüber, dass Caitlyn die dazugehörige Mutter ist.

Je mehr er über seine Gefühle zu Caitlyn spricht, desto mehr wird mir klar, dass er und ich niemals funktionieren würden. Mir wird auch plötzlich ganz klar, warum es damals mit uns nicht geklappt hat. Diese Erkenntnis hilft mir, mich von meinen unterschwelligen Gefühlen des Bedauerns zu lösen. Ein Abschluss kann wirklich wahre Wunder wirken.

Als er fertig ist, bleibt mir eigentlich nicht viel hinzuzufügen, doch er wartet darauf, dass ich etwas sage.

„Nun, was denkst du?", will er wissen.

„Was denke ich worüber, Tanner? Du hast mir jetzt zigmal erzählt, dass du immer noch in diese Frau verliebt bist. Du kommst zu mir und sagst mir, dass du es mit ihr in Ordnung bringen willst, und du erzählst mir, dass sie die Eine ist. Aber jedes Mal, wenn du mit ihr zusammen bist, tust du rein gar nichts und lässt sie einfach wieder gehen." Ich nehme einen großen Schluck aus meinem Glas und versuche, meine Verärgerung zu unterdrücken. Können diese Männer nicht einfach mal ehrlich zu den Frauen in ihrem Leben sein?

Er schaut mich mit einem verletzten Gesichtsausdruck an. „Wow! Ich weiß, du bist Therapeutin und so, aber ich hätte nicht gedacht, dass du so schroff sein würdest. Solltest du den Menschen nicht bei ihren Problemen helfen?" Er blickt auf sein Bier und für einen Moment tut es mir leid, dass ich ihn so angefahren habe. Doch dieses Gefühl hält nicht lange an.

„Du bist doch derjenige, der sagt, dass er mit ihr zusammen sein will, aber um über deine Gefühle zu reden, kommst du zu mir. Glaubst du nicht, dass, wenn du wirklich mit ihr zusammen sein willst, du ihr das alles sagen solltest?" Auch dieses Mal möchte ich eigentlich nicht so gemein zu ihm sein, doch ich musste mich heute Abend schon mit so vielen Männern herumärgern, die ihren Frauen nicht sagen, was sie fühlen.

Wir sitzen uns eine Weile schweigend gegenüber, und er nimmt einen weiteren Schluck aus seiner Bierflasche.

„So, wie ist deine Verabredung gelaufen?", fragt er und wechselt das Thema.

Ich schaue ihn überrascht an. „Was meinst du?"

„Du hast gesagt, du hast dich vorhin mit einem Freund getroffen, und du siehst fantastisch aus. Da habe ich angenommen, du hattest eine Verabredung." Zwischen uns herrscht wieder ein stiller Moment, und ich schaue erneut an meinem Outfit herunter und frage mich wohl zum hundertsten Mal, warum ich mich dazu entschieden habe, etwas so Offenherziges anzuziehen.

„Es war keine Verabredung. Ich wollte einen deiner Brüder besuchen, aber es ist nicht so gelaufen, wie ich es mir vorgestellt hatte." Ich nehme noch einen Schluck und verschlucke mich beinahe an Tanners nächstem Wort.

„James?"

„Und wie kommst du darauf, dass es um James geht?", keife ich ihn an. Überrascht von meiner eigenen Reaktion, versuche ich mich wieder zu fassen. Er sieht mich schweigend an und trinkt sein Bier aus.

Ich seufze. „Ich wollte mit Tommy über euren Vater reden und … über andere Dinge. Aber es lief nicht gut. Dann habe ich versucht, mit James zu reden, doch ich war nach der Sache mit Tommy so angespannt, dass es ebenfalls nicht gut lief. Und jetzt bin ich mir sicher, dass die beiden mich hassen." Ich leere mein eigenes Getränk, und er lacht.

„Erstens: ich kann mir nicht vorstellen, dass du irgendetwas tun könntest, dass die beiden dazu bringen könnte, dich zu hassen – dafür kennen wir dich schon zu lange. Und Zweitens: ist dir nicht klar, wie sehr James mit dir zusammen sein will?

Was zur Hölle treibst du hier? Wenn du so gerne mit jemandem sesshaft werden möchtest, wie kannst du da nur so blind sein?" Er schüttelt den Kopf und bestellt sich noch ein Bier. Ich blicke ihn ungläubig an.

Das ist genau das Thema, dem ich die ganze Woche aus dem Weg gegangen bin, doch mir war nicht klar, dass ich so leicht zu durchschauen bin.

„Ich habe keine Ahnung, wovon du redest", antworte ich abwehrend.

Er lacht. „Okay. Red' dir das ruhig weiter ein. Doch falls du dich erinnerst, ich habe es dir schon immer angemerkt, wenn du lügst." Er öffnet seine Bierflasche, und der Kellner stellt ein weiteres Glas vor mir ab.

„Ich habe keine Ahnung, wovon du redest, und ich würde dir raten, von deinem hohen Ross herunterzukommen und dich wieder dem Rest der Gesellschaft anzuschließen", erwidere ich sarkastisch. Er trinkt sein Bier schnell, und ich merke, dass er diesen Abend und seine Gefühle zu einem Abschluss bringen möchte.

„Du kannst dir einreden, was du willst, wenn es dich nachts besser schlafen lässt. Aber du und ich, wir waren zusammen – plus die langen Jahre unserer Freundschaft – und ich kenne dich besser, als dir lieb ist." Tanner leert sein Bier und deutet auf mein Getränk. „Starrst du das Glas nur an oder trinkst du es noch aus?"

Ich trinke es schnell aus und versuche, mir in dieser Unterhaltung noch etwas Würde zu bewahren. Er wollte einen Rat von mir, und jetzt habe ich das Gefühl, ich brauche eine Therapiestunde. Doch ich werde ihm nicht die Genugtuung geben zu glauben, dass er mir geholfen hat.

„Ich habe mich seit damals sehr verändert, weißt du", sage ich, nachdem ich mein Glas geleert habe.

Er schüttelt den Kopf und lacht leise vor sich hin. „Du weißt, was man sagt: je mehr sich die Dinge ändern, desto mehr bleiben sie beim Alten. Du, meine Liebe, hast dich vielleicht sehr verändert, doch für jedes bisschen, dass sich verändert hat, sind hundert andere Dinge gleich geblieben." Er signalisiert dem Kellner, dass er zahlen möchte, und dieser bringt die Rechnung. Tanner holt seine Brieftasche heraus und bezahlt. Währenddessen sitze ich noch immer wie vom Blitz getroffen auf meinem Platz.

Das erste Mal seit seiner Rückkehr hat Tanner es geschafft, mir komplett die Sprache zu verschlagen. Wir gehen zurück zum Auto, und er steigt ein. Ich bin immer noch völlig erstaunt darüber, in welche Richtung sich unser Gespräch entwickelt hat.

Es überrascht mich ein wenig, dass er mich nach all den Jahren noch immer so gut kennt. Vielleicht liegt er gar nicht so falsch. Vielleicht bedeutet das auch, dass James mich genauso gut kennt.

Auf dem Heimweg halten wir ein wenig Small-Talk und als wir mein Apartment erreichen, setzt er mich wieder nur ab.

„Bist du sicher, dass du heute Nacht nicht einsam sein wirst? Noch bist du nicht wieder mit Caitlyn zusammen", sage ich halb im Scherz. Ich mag mich zwar von der Idee verabschiedet haben, dass wir noch einmal ein Paar werden, doch ich hatte schon immer die Tendenz, schlechte Entscheidungen zu treffen, wenn ich das Gefühl hatte, meine Emotionen nicht unter Kontrolle zu haben. Und er sieht heute Abend wirklich gut aus.

Er guckt mich lachend an. „Das sagst du jetzt, aber ich wette, wenn du wieder nüchtern bist, wirst du das anders sehen." Ich versuche, ihm zu widersprechen, doch er fährt weg und lässt mich hier auf der Straße stehen – mit dem Wunsch, dass er zurückkommt.

Nach dem heutigen Tag will ich die Nacht nicht alleine

verbringen. Aber ich weiß, dass es die richtige Entscheidung war – für uns beide.

Ich verweile noch einen Augenblick draußen in der Dunkelheit und versuche, die Gedanken an James zu ignorieren, die das Gespräch mit Tanner hervorgerufen hat. Ich weiß, dass meine Gefühle für ihn alles andere als oberflächlich sind, und ein Teil von mir glaubt immer noch, dass es einfacher wäre, wenn ich diese Gefühle stattdessen für Tanner hätte. Immerhin ist es sicher, von Tanner zu träumen. Ich könnte mir vorstellen, dass es für uns noch eine Chance gibt und hätte gleichzeitig die Sicherheit, dass zwischen uns nie wieder etwas passieren wird.

Bei James fürchte ich mich. Ich weiß, dass er mir gehören könnte, und ich weiß auch, dass er mir das Herz brechen könnte. Es ist gleichermaßen aufregend und beängstigend und so sehr ich es auch will, so sehr fürchte ich mich davor, danach zu greifen.

Ich gehe die Treppe hinauf und ziehe Jeans und BH aus. In T-Shirt und Höschen werfe ich mich aufs Bett und versuche mir weiter einzureden, dass ich Tanner gerne in meinem Bett hätte. Ich fürchte mich nicht davor, meinen Gefühlen freien Lauf zu lassen. Ich muss sie nur auf die Person richten, von der ich weiß, dass sie mich nicht liebt.

Ich weiß, dass das dumm ist, und ich weiß auch, dass das nicht funktionieren wird. Aber ich weiß, dass es sicherer ist.

Es ist sicherer, sich nicht zu verlieben.

KAPITEL SECHSUNDZWANZIG

Tommy

Als ich Nikkis Apartment erreiche, bin ich unsicher, was ich sagen werde und wie ich es sagen werde. Ich weiß nur, dass ich mich gestern ihr gegenüber unmöglich verhalten habe, und das kann ich nicht so stehen lassen.

Ein Teil von mir weiß, dass es richtig war, sie gestern abzuweisen. Sie und ich, das würde einfach nicht funktionieren, und ich muss nach vorne schauen. Doch da gibt es noch einen anderen Teil von mir, der sich fragt, wie es wohl wäre – und was ich eigentlich zu verlieren habe? Wenn sie das Gefühl hat, es wäre einen Versuch wert, warum nicht? Wenn ich aber rauskriegen will, was Nikki fühlt, dann muss ich mir darüber klar werden, was ich tun kann.

Ich habe sie heute Morgen erreicht und konnte sie davon überzeugen, sich mit mir auf einen Kaffee zu treffen. Und nun stehe ich vor ihrem Apartment und überlege mir, was ich sagen soll. Die beste Lösung wird sein, einfach zu ihr zu gehen und ihr geradeheraus zu sagen, was ich denke.

„Hey", begrüßt sie mich, nachdem sie die Tür geöffnet hat. Sie trägt das gleiche T-Shirt wie gestern, und ich kann sehen, dass sie keinen BH darunter trägt. Dazu trägt sie Pyjama-Shorts. Sie wirkt verführerisch, doch ich bezweifle, dass das ihre Absicht ist.

Sie lässt mich herein, und wir setzen uns mit einem Kaffee an den Küchentisch.

„Also, zuerst einmal möchte ich mich dafür entschuldigen, wie ich mich gestern verhalten habe und was ich gesagt habe. Wieder hier zu sein hat mir wirklich zu schaffen gemacht, aber das hätte ich nicht an dir auslassen dürfen, das war unfair." Mit einem Kopfnicken nimmt sie meine Entschuldigung an, und ich wappne mich für den Rest der Unterhaltung. „Ich glaube, es gibt keinen einfachen Weg, das zu sagen, was ich sagen will. Also sage ich es einfach", beginne ich, nachdem ich einen Schluck Kaffee genommen habe.

„Sprich weiter", fordert sie mich auf.

„Möchtest du es mit einer Beziehung versuchen? Ich meine, ich habe darüber nachgedacht, was gestern passiert ist, und ich weiß nicht. Vielleicht passen du und ich gut zusammen. Wer weiß?" Ich will gerade fortfahren, da hebt sie ihre Hand, um mich zu bremsen.

„Tommy, ich kann deine Gefühle verstehen, aber ich glaube, es ist eher eine nostalgische Sache. Ich glaube, du bist stärker darüber verärgert, was mit deinem Vater passiert ist, als über die Sache mit mir. Und ich glaube, du wendest dich jetzt an mich, um das in Ordnung zu bringen. Du suchst nach einer stabilen Beziehung, weil die Beziehung zu deinem Vater so unsicher ist. Aber du willst nicht wirklich mit mir zusammen sein, und ganz ehrlich, ich habe Gefühle für jemand anderen." Sie lächelt mich an, und ich spüre einen kleinen Stich in meiner Brust.

Doch dann durchfährt mich ein anderes Gefühl – ein Gefühl von Frieden. Mir wird plötzlich klar, dass sie Recht hat. Während des ganzen Besuchs habe ich versucht, durch sie meine Gefühle für meinen Vater auf die Reihe zu bekommen. Und das ist ihr gegenüber nicht fair.

Dennoch interessiert es mich, für wen sie Gefühle hat – auch wenn ein Teil von mir es schon weiß.

„James?", frage ich.

Sie nickt. „Ich weiß, dass hätte ich dir vorher sagen sollen, aber ich wollte nicht, dass es zwischen uns komisch wird. Es tut mir leid, Tommy." Sie spricht schnell, doch ich unterbreche sie.

„Ich bin deswegen nicht wütend. Ich bin froh, dass du es mir jetzt sagst, und du hast auch nie gesagt, dass du dich mit niemanden außer mir verabredest. Es ist trotzdem schon ein wenig komisch." Wir lachen, und ich habe plötzlich noch größeren Respekt vor ihr.

„Ich weiß nicht, ob du es schon gehört hast, aber ich werde heute Nachmittag abreisen. Ich habe genug von dieser Stadt und allem, was mit ihr zusammenhängt. Ich bin froh, dass wir wieder Kontakt zueinander haben, und ich danke dir, dass du versucht hast, zwischen mir und Dad zu vermitteln. Aber ich glaube, für mich wird es Zeit, weiterzuziehen." Ich trinke meinen Kaffee aus und stehe auf. Sie stellt ihre Tasse ab und steht ebenfalls auf.

Sie legt mir ihre Hand auf die Schulter und blickt mir mit einem suchenden Blick in die Augen. Die Art, wie sie mich ansieht, lässt mich glauben, dass sie mir direkt in die Seele blicken kann. Wenn ich mit ihr rede, habe ich das Gefühl mit jemandem zu sprechen, der sich wirklich für mich interessiert, und ich hoffe, unser merkwürdiges, romantisches Intermezzo macht das nicht kaputt.

„Ich weiß, dass du nicht hier bist, um einen Rat von mir zu

bekommen, aber ich gebe dir trotzdem einen", sagt sie grinsend. „Ich denke, du solltest deinen Vater besuchen."

Die Worte treffen mich wie ein Schlag, und mein Blick verrät ihr ganz deutlich, wie ich darüber denke. Bevor ich eine Chance habe, ihr zu widersprechen, hebt sie einen Finger.

„Hör mir einfach zu. Dein Vater wird eines Tages sterben, und du wirst nie wieder die Möglichkeit haben, mit ihm zu sprechen. Ich weiß, dass es im Moment schwer ist, doch du wirst irgendwann froh darüber sein, dass du dich von ihm verabschiedet hast. Vertrau mir, ich weiß, wie es ist, einen schwierigen Vater zu haben, doch ich sage dir, du machst das für dich, nicht für ihn." Während sie redet, blickt sie mir die ganze Zeit in die Augen, und ich verspüre den Drang, sie zu küssen.

Ich will sie in die Arme nehmen und meinen ganzen Frust an ihr auslassen. Ich möchte noch einmal erleben, wie es sich anfühlt, mit ihr zu schlafen, und ich möchte, dass sie mich dabei mit diesem tiefgründigen Blick anschaut. Ich möchte diese Leidenschaft spüren. Aber ich weiß, dass ich damit nur dem Problem ausweiche, und ich weiß auch, dass sie mir nicht geben kann, was ich brauche. Sie ist nicht die Richtige für mich, und ich kann nicht ständig zu ihr gehen, damit sie meine Probleme löst.

Die Zeit wird kommen, in der ich mich mit den Gefühlen für meinen Vater auseinandersetzen muss. Und falls das, was sie sagt, stimmt, sollte ich das besser heute tun.

„Also was sollte ich deiner Meinung nach tun? Einfach bei ihm auftauchen und ihm sagen, dass ich heute abreise?", frage ich spöttisch. Ich kann mir nicht vorstellen, dass es besser abläuft als beim letzten Besuch.

Doch sie bleibt unbeirrt. Mit einem Schulterzucken nimmt sie ihre Kaffeetasse in die Hand. „Es ist mir egal, was du ihm sagst. Alles, was ich sage, ist, dass du ihm einen kurzen Besuch abstatten solltest, bevor du gehst. Glaub mir, das wird euch beiden sehr viel bedeuten." Sie nimmt einen Schluck Kaffee und für einen kurzen Moment sehe ich nur ihren tollen Körper und den Boden ihrer Kaffeetasse.

Sie trinkt ihren Kaffee aus und stellt die Tasse wieder auf den Tisch. Dann stemmt sie die Hände in die Hüften und schaut mich direkt an.

„Es steht dir natürlich frei, in dieser Situation das zu tun, was du willst. Ich sage dir nur, was ich tun würde. Vertrau mir, ich habe schon mit vielen Menschen gesprochen, die ein Elternteil verloren haben, ohne bestehende Probleme vorher gelöst zu haben. Ich kann dir sagen, es ist nicht einfach, damit klarzukommen. Es ist meine Aufgabe als deine Freundin dafür zu sorgen, dass du das Richtige tust, solange du es noch kannst. Lächelnd legt sie mir erneut die Hand auf die Schulter.

Reflexartig ziehe ich sie zu mir heran und nehme sie fest in den Arm. Der Moment hat absolut nichts Sexuelles an sich, es geht nur darum, dass ich endlich in der Lage bin, etwas von der Wut loszulassen, die ich so lange mit mir herumgetragen habe. Sie umarmt mich fest, dann lehnt sie sich etwas zurück und schaut mir in die Augen.

„Versuch den Kontakt zu mir etwas besser zu halten, okay?", bittet sie mich.

Ich nehme mein Telefon vom Küchentisch, stecke es in die Hosentasche und gehe zur Tür. „Ich gebe mein Bestes. Wenn ich dir nicht schreibe, schreib' du mir."

Sie verspricht es mir und während ich die Türe hinter mir schließe, blicke ich noch einmal zurück. Ich gehe zu meinem Auto und überlege mir, dass ich direkt zum Flughafen fahre und dort auf meinen Flug warte.

Doch während der Fahrt gehen mir ihre Worte nicht aus dem Kopf. Ich weiß, dass sie Recht hat. Ich muss mich der Tatsache stellen, dass mein Vater sterben wird – und zwar bald. Ich kann das also jetzt tun oder warten, bis es zu spät ist.

Ich bezweifle, dass ich es bereuen werde, abzureisen, ohne mich von ihm zu verabschieden, doch eine leise Stimme in meinem Kopf sagt mir, dass ich es vielleicht doch bereuen werde.

Vielleicht ist es eine schlechte Idee, und vielleicht ist es die Sache, die ich in meinem Leben am meisten bereuen werde, doch ich werde ihren Rat beherzigen. Im letzten Moment entscheide ich mich für den Weg zur Klinik. Ich habe keine Ahnung, was ich meinem Vater sagen werde, aber ich hoffe, dass es besser laufen wird als beim letzten Mal.

Aber egal, wie es mit Dad läuft, ich weiß, dass ich heute Nachmittag im Flugzeug sitzen werde, mit dem Wissen, dass ich es durchgezogen habe. Ich werde mir für den Rest meines Lebens sagen können, dass ich versucht habe, die Dinge mit meinem Vater in Ordnung zu bringen.

Nikki scheint zu glauben, dass mir das hilft, inneren Frieden zu finden, und ich werde sie beim Wort nehmen.

KAPITEL SIEBENUNDZWANZIG

James

Während ich laufe, richte ich meinen Blick starr auf den Gehweg und tue so, als ob ich die Menschen um mich herum, gar nicht bemerke. Ich spüre die Blicke der Passanten, doch ich habe überhaupt kein Interesse daran, freundlich oder auch nur nett zu ihnen zu sein.

Tommy hat mich vor einer Stunde angerufen und mir gesagt, dass sein Flug nach New York City gleich geht. Ein Teil von mir ist verärgert darüber, dass er weg ist. Das hat so etwas Endgültiges und macht mir deutlich, dass ich auch bald weiterziehen muss. Ich weiß, dass auch ich innerhalb der nächsten Tage die Stadt verlassen werde und dass ich vorher noch einmal mit Nikki sprechen muss. Tommys vorzeitige Abreise sorgt dabei für weiteren Druck.

Ich war überrascht, dass er vorher noch bei Dad war, um sich zu verabschieden. Ich habe keine Ahnung, was ihn dazu veranlasst hat, aber es klang, als sei er froh darüber, es getan zu haben. Er hat mir erzählt, dass es heute besser lief als beim letzten Besuch und dass Dad ihm gesagt hat, dass es ihn gefreut hat, uns alle wiederzusehen. Ich habe Tommy versprochen, mir die Zeit zu nehmen und mich auch von Dad zu verabschieden, bevor wir abreisen. Doch in diesem Moment ist Nikki die Einzige, die ich wirklich sehen will.

Seit neulich Abend habe ich nicht mehr mit ihr gesprochen. Ich wollte ihr schreiben, doch ich mag es nicht, wenn sie mich abwimmelt oder sogar ganz ignoriert – was sie in letzter Zeit häufiger tut. Ich habe keine Ahnung, was mit ihr nicht stimmt, und es macht mich wütend, dass sie nicht offen und ehrlich zu mir ist.

Bis zu unserem Streit neulich Abend hat es wirklich Spaß gemacht, sie wieder ganz neu kennenzulernen – nicht nur während unserer Verabredung, sondern auch durch die ganzen Textnachrichten. Und ich dachte, ihr hätte das auch gefallen. Ich bin mir sicher, dass ich mir die Verbindung, die ich zwischen uns gespürt habe, als wir miteinander geschlafen haben, nicht nur eingebildet habe.

Ich wünschte, ich wüsste, was in ihrem Kopf vorgeht, doch ich kann mit niemandem darüber sprechen.

Tommy hat den Mietwagen heute Morgen zurückgegeben, und so entscheide ich mich für einen Spaziergang durch die Stadt. Ich rede mir ein, dass ich nur zufällig vor Nikkis Wohnhaus gelandet bin. Ich rechtfertige mich vor mir selbst und sage mir, dass ich ja gar nicht weiß, ob sie überhaupt zuhause ist.

Wie sollte ich auch? Ich habe ihr nicht geschrieben, sie nicht angerufen, und sie hat auch keinerlei Anstalten unternommen, sich bei mir zu melden. Ich sage mir, dass dies völlig normal sei, und doch fällt es mir immer schwerer, dem Wunsch zu widerstehen nachzusehen, ob sie da ist.

So stehe ich also vor ihrem Wohnhaus, habe die Hände in den Hosentaschen vergraben und starre hinauf zu ihrem Fenster. Ich kann nicht erkennen, ob sie zuhause ist oder nicht; die Nachmittagssonne scheint direkt auf ihr Fenster und macht es mir unmöglich, etwas zu sehen. Es sieht aber so aus, als parkten die meisten Autos der Anwohner auf ihren Plätzen, und ich kann mir auch nicht vorstellen, dass sie an einem Samstag arbeitet.

Ich laufe einige Minuten vor dem Gebäude auf und ab, bis ich es nicht mehr aushalte. Erfasst von einer plötzlichen Entschlossenheit, gehe ich zur Tür und betrete das Gebäude. Auf der Treppe kommen mir einige Bewohner entgegen, doch sie beachten mich nicht weiter, und ich setze meinen Weg unbeirrt fort.

Vor ihrer Tür zögere ich noch einmal kurz, doch meine Entschlossenheit behält die Oberhand, und ich klopfe beherzt. Ich höre, wie sich drinnen jemand bewegt, und mein Herz schlägt immer schneller; dann öffnet sie die Tür.

„James! Wie schön, dich zu sehen", sagt sie. Ich bemerke, dass sie einen Blick in den Flur wirft, als ob sie noch jemand anderen erwartet. Ich bemerke auch, dass sie aussieht, als wolle sie ausgehen. Ich versuche, die in mir aufsteigende Eifersucht zu unterdrücken.

Ich weiß, dass Tommy die Stadt verlassen hat, er kann es also nicht sein.

„Störe ich dich bei irgendetwas?", frage ich sie und schaue sie lächelnd an. Ich versuche, meine Eifersucht zu verbergen, doch es wird nur schlimmer, als sie versucht, meiner Frage auszuweichen.

„Ich wollte gerade gehen. Ich wusste ja nicht, dass du hier auftauchen würdest – du hast dich ja nicht angekündigt." Etwas zu theatralisch prüft sie ihr Telefon auf mögliche Nachrichten. Ich lege meine Hand auf ihre und drücke sie langsam herunter.

„Ich weiß. Du warst aber auch nicht besonders darum bemüht, mir zu antworten, wenn ich versucht habe, dich zu erreichen. Daher dachte ich, es sei vielleicht einfacher vorbeizukommen und zu sehen, was los ist." Ich blicke sie direkt an und merke, dass sie auf Abwehr schaltet.

„Mir war nicht klar, dass ich dir antworten muss. Immerhin haben wir in den letzten Tagen, abgesehen von dem Sex, nicht viel miteinander gesprochen."

Ich ziehe meine Augenbrauen hoch. Ich weiß, dass sie genauso gerne flirtet wie ich, und es scheint hier darum zu gehen, dass wir nie über unsere gemeinsame Nacht gesprochen haben.

„Oh wirklich? Ich hatte den Eindruck, dass dir diese Nacht sehr gut gefallen hat." Ich verschränke die Arme und schaue sie an. Im Gegenzug verschränkt sie ebenfalls die Arme.

„Es hat mir ganz gut gefallen, nur weiß ich nicht, was es zu bedeuten hat. Dein Bruder schien die richtige Idee zu haben und hat mir gesagt, was er wirklich fühlt!" Ich sehe ihr an, dass sie das nicht verraten wollte, doch jetzt ist es raus.

„Mein Bruder? Tommy?", keife ich sie an. Ich habe sie nun in die Ecke gedrängt, und ihr bleibt keine andere Wahl, als mir die Wahrheit zu sagen. „Läuft da was zwischen dir und Tommy? Ich dachte, du hast gesagt, da wäre nichts mehr."

Die Frage ist zu direkt, als dass sie sie ignorieren könnte, und sie sucht offensichtlich nach einer Antwort, findet aber keine.

„Wir haben einmal miteinander geschlafen, das war's", antwortet sie emotionslos. „Dann hat er mir heute seine wahren Gefühle offenbart."

Ich schweige und frage mich, was er wohl genau gesagt hat. Mir hat er erzählt, dass er nicht weiß, was er für sie fühlt. Darüber hinaus hat er nichts gesagt. Und als wir kurz vor seinem Abflug miteinander gesprochen haben, hat er sie auch mit keinem Wort erwähnt. Ich würde sie gerne fragen, was sie meint, aber sie ist wütend auf mich, zieht ihre Jacke an und signalisiert mir so, dass sie gehen will.

„Da er also offen mit mir redet, weiß ich jetzt, wo wir stehen. Wenn du mich entschuldigen würdest, ich habe etwas zu erledigen." Sie zieht ihre Schuhe an, doch ich werde sie nicht einfach gehen lassen.

„Was soll das heißen? Gibt es etwas, worüber du reden willst?", frage ich. Ich sehe in ihren Augen, dass sie etwas sagen will, doch sie hält sich zurück. Sie wendet sich von mir ab und greift sich ihre Handtasche.

„Ich hab es dir gesagt, James. Wenn du dich mir gegenüber öffnen willst, kannst du mit mir reden. Bis dahin habe ich nicht vor, dieses Spiel mitzuspielen!" Sie drängt sich an mir vorbei, ich folge ihr, und sie zieht die Tür hinter uns zu.

„Wo gehst du hin?", frage ich. Sie schaut mich mit wütendem Blick an. Ich sehe, dass etwas nicht stimmt, doch ich habe keine Ahnung, was es ist.

„Ich habe dir gesagt, dass ich etwas zu tun habe!", erwidert sie. Bevor ich die Chance habe, etwas zu sagen, dreht sie sich um und läuft den Flur hinunter; ihre Schuhe klicken auf dem Boden. Verblüfft und kopfschüttelnd schaue ich ihr hinterher.

Tommy hat Recht: Frauen sind verwirrend.

KAPITEL ACHTUNDZWANZIG

Tanner

„Entschuldige, mir ist noch was dazwischen gekommen", erklärt Nikki, als sie etwas abgehetzt die Bar erreicht. Ich sehe ihr sofort an, dass sie etwas abgelenkt wirkt, doch mir gehen schon so viele Dinge durch den Kopf, dass ich mir darum nicht auch noch Gedanken machen kann.

„Ich freue mich jedenfalls, dass du so kurzfristig noch zugesagt hast", antworte ich. Sie schaut mich lächelnd an, doch es wirkt etwas traurig. Zudem schaut sie mich etwas zu erwartungsvoll an, was mich wiederum nervös macht. Ich dachte, wir hätten das geklärt, und ich hoffe, sie hat keine falschen Erwartungen an den heutigen Abend.

„Kein Problem. Du weißt, dass ich immer für dich da bin, Tanner", erwidert sie mit einem Lächeln. Ich räuspere mich und richte meinen Blick auf das Glas in meinen Händen.

„Ich hätte ja für dich bestellt, aber ich wusste nicht, wonach dir nachmittags der Sinn steht", sage ich und lächle etwas verunsichert. Sie grinst verführerisch, doch ich glaube, sie macht das gar nicht absichtlich. Ich wende meinen Blick erneut von ihr ab.

„Du weißt doch, was mir schmeckt. Ich wäre mit allem zufrieden gewesen. Aber wenn ich schon selbst bestellen muss, dann nehme ich einen Wodka Cranberry." Sie richtet ihre Aufmerksamkeit auf den Barkeeper, der auf uns zukommt, und nachdem er ihren Ausweis überprüft hat, kümmert er sich um ihr Getränk.

Sie sitzt auf einem Barhocker, stützt ihren Kopf auf einer Hand ab und sieht mich geduldig an.

„Du fragst dich sicher, warum ich dich so kurzfristig hierher gebeten habe", eröffne ich das Gespräch. Sie nickt leicht, und ihr Haar schwingt dabei sanft hin und her.

Ich habe lange darüber nachgedacht, was ich sagen soll. Doch nun, da sie mir gegenüber sitzt, fällt es mir schwer, etwas zu sagen. Ich möchte ihre Gefühle nicht verletzen, was ich aber bestimmt tun werde, insbesondere, wenn sie in so merkwürdiger Stimmung ist.

„Nun, ich wollte dir nur sagen, dass ich dir für die letzte Woche einiges schuldig bin. Ich habe viel darüber nachgedacht, was du gesagt hast, und ich glaube, du hast Recht. Ich bin zu dir gekommen, wenn ich eigentlich zu Caitlyn hätte gehen sollen, und ich weiß es zu schätzen, dass du mir die ganze Zeit zugehört hast. Mir ist auch klar geworden, dass das dir gegenüber unfair gewesen ist – diese ganzen unbezahlten Therapiesitzungen." Ich schenke ihr ein kleines Lächeln. „Doch damit ist jetzt Schluss." Ich rede so ruhig wie möglich, doch ich sehe, wie sich ihre Mimik verändert. Es liegt etwas in ihrem Blick, auch wenn sie weiterhin lächelt.

Für einen Moment herrscht Schweigen und der Barkeeper wirkt etwas verunsichert, als er Nikkis Drink vor ihr abstellt. Sie bedankt sich mit einem Lächeln bei ihm, und ich frage mich, ob sie das nur macht, um mich nicht ansehen zu müssen.

Die Stille wird unangenehm, doch schließlich antwortet sie.

„Ich freue mich für dich. Das tue ich wirklich." Ich höre, wie ihr die Stimme wegbricht, und sie klingt überhaupt nicht überzeugend.

Ich bin langsam davon überzeugt, dass mehr los ist, als sie zugibt. Doch ich versuche mich auf uns zu konzentrieren – sie weiß, dass ich zuhöre, falls sie mir etwas erzählen möchte.

„Hey, ich sage nicht, dass wir nicht in Kontakt bleiben können oder dass ich nicht mehr mit dir reden werde. Ich will dir nur sagen, dass ich wirklich über das, was du gesagt hast, nachgedacht habe und dass ich deinen Rat befolgen werde. Das heißt aber nicht, dass wir aufhören, Freunde zu sein. Du weißt, dass du auch mit mir über alles reden kannst." Ich lächle sie an und versuche, sie etwas aus ihrem Schneckenhaus zu locken.

Ich lege meinen Arm um ihre Schulter, und sie ist für einen Moment ganz still. Tränen schimmern in ihren Augen, und sie dreht sich von mir weg und fährt sich mit der Hand übers Gesicht. Ich sitze still und gebe ihr einen Moment. Ich wünschte, wir hätten so eine Unterhaltung geführt, bevor ich damals die Stadt verlassen habe – vielleicht hätten wir dann nicht so viele Jahre unserer Freundschaft verloren.

Nach ein paar Augenblicken dreht sie sich wieder zu mir, lächelt mich an, atmet tief durch und nimmt einen Schluck von ihrem Drink.

„Nun, kein Grund zur Traurigkeit, oder? Auch wenn ich dich vermissen werde", sagt sie mit einem schiefen Grinsen. Ich blicke sie überrascht an und bin froh, dass sie sich um eine starke Haltung bemüht. Bei den ganzen Emotionen, die sie zu bewegen scheinen, bin ich aber auch etwas verwundert, dass sie anscheinend keine Eile hat, von hier zu verschwinden.

Ich weiß, dass meine Brüder und ich durch unser Auftauchen für eine Menge Verwirrung gesorgt haben, und ich weiß, dass sich ein Großteil dieser Verwirrung auf ihre Gefühle zu mir bezieht.

Wenn ich aber zu meinem Wort stehen und ihr ein guter Freund sein will, dann muss ich auch in merkwürdigen Zeiten für sie da sein – und eines Tages, hoffentlich, werden diese Zeiten nicht mehr so merkwürdig sein. Ich bin mir sicher, dass es für mich einfacher ist, als für sie, da ich mir meine Zukunft bereits mit Caitlyn ausmale.

Zu meiner Überraschung fragt sie mich nach meinen Plänen.

„Wollt ihr schnell Nägel mit Köpfen machen oder lasst ihr es ruhig angehen und wartet ab, wie es läuft?", fragt sie mich, schaut mich mit großen Augen an und trinkt einen Schluck.

Ich seufze „Ich habe noch eine Menge zu beweisen, bevor sie mir wieder völlig vertrauen kann. Doch ich weiß, dass sie das wieder tun wird. Es wird nicht einfach, aber mir ist es ernst. Ich liebe sie, und ich werde die Art von Freund und Vater werden, die ich sein sollte. Vielleicht werde ich eines Tages sogar Ehemann und Vater." Ich ergänze den zweiten Teil mit einem Schulterzucken, und sie blickt mich erstaunt an.

„Ich hätte nie gedacht, dass du der Ehe-Typ bist", antwortet sie lachend. Ich zucke erneut mit den Schultern. Die Wahrheit ist, dass ich nie geglaubt habe, eine Frau zu finden, mit der ich sesshaft werden möchte. Ich habe aber auch nie geglaubt, dass ich mal jemanden wie Caitlyn finden würde.

„Ich schätze, wenn man den einen Menschen trifft, dann ist man bereit dazu, Dinge zu tun, die man vorher für unmöglich gehalten hat", entgegne ich. Sie verstummt, und plötzlich wird mir klar, dass wir nur über mich reden.

„So, wie laufen die Dinge bei dir und James?", frage ich. Sie wirft mir einen festen Blick zu und lacht. „Oh? So gut also?", sage ich sarkastisch. „Ich dachte, zwischen euch läuft etwas."

„Wer hat dir das denn erzählt?", fragt sie, und ich erinnere mich daran, wie dünnhäutig sie neulich Abend schon darauf reagiert hat. Vielleicht ist er der Grund für ihre komische Stimmung.

„Redet ihr zwei nicht miteinander? Die Art, wie er über dich spricht, könnte einen glauben lassen, dass ihr zusammen seid." Ich nehme einen Schluck aus meinem Glas und schaue sie an. In ihrem Blick liegen so viele Emotionen: Überraschung, Schmeichelei, Traurigkeit, Verwirrung – und noch einige mehr.

„Ich schätze, ich hätte heute Morgen etwas netter zu ihm sein können. Ich weiß nicht. Man sollte glauben, als Therapeutin wäre ich besser im Reden. Doch ich schätze, es ist etwas anderes, jemandem einen Rat zu geben, als selbst danach zu handeln." Sie schüttelt mit dem Kopf, und ich schaue sie fordernd an.

„Was meinst du?", frage ich.

„Es ist nur ... Ich weiß nicht. Ich weiß, dass ich ihn mag. Ich meine, ich habe ihn wirklich gerne. Ich habe nur Angst. Wer hätte gedacht, dass ich diejenige sein würde, die Angst davor hat, sich zu verlieben?" Sie lacht und ich schüttele den Kopf.

„Und das ist die Frau, die mir sagt, ich solle um die Frau, die ich liebe, kämpfen, auch wenn ich eine Heidenangst davor habe. Und du jagst meinen Bruder zum Teufel, der ganz offensichtlich bis über beide Ohren in dich verliebt ist?" Ich schaue sie spöttisch an, und sie lacht erneut. „Warum sitzt du traurig in einer Bar, dazu noch in meiner traurigen Gesellschaft, wenn du bei ihm sein könntest?"

„Naja, ich weiß nicht, ob ich behaupten würde, dass er über beide Ohren in mich verliebt ist. Aber ich glaube, er mag mich." Sie lächelt etwas sarkastisch. „Obwohl es eine Höllenarbeit war, ihn dazu zu kriegen, das zuzugeben", fährt sie genervt fort, und ich lache.

„Offensichtlich kennst du ihn nicht so, wie ich ihn kenne",

sage ich. Sie scheint plötzlich etwas unruhig zu sein, und ich schaue auf die Uhr. „Musst du noch irgendwohin?"

„Ich weiß nicht. Vielleicht sollte ich zu ihm gehen und mit ihm über alles reden, bevor er die Stadt verlässt", sagt sie.

Ich winke den Barkeeper heran, um zu bezahlen, dann verlassen wir die Bar.

„Soll ich dich mitnehmen?", frage ich, doch sie schüttelt den Kopf. Ich sehe ihr die Aufregung an und nehme sie in den Arm. Wir umarmen uns, und das erste Mal, seit ich wieder in der Stadt bin, spüre ich in ihrer Berührung nichts Sexuelles. Es ist eine unschuldige Umarmung, und wir genießen den Moment als Freunde.

„Danke Tanner", sagt sie mit einer sanften Umarmung, die ich erwidere. Sie lehnt sich etwas zurück, schaut mich lächelnd an, und ich lasse sie los. Wir verabschieden uns voneinander, sie dreht sich um und geht. Dieses Mal erkenne ich, dass in ihren Schritten eine gewisse Leichtigkeit liegt.

Ich vergrabe meine Hände in den Hosentaschen und drehe mich um. Ich mache mich auf den Weg zu Caitlyn und Arya, um zu sehen, was die beiden vorhaben. Ich werde heute Nachmittag noch bei meinem Vater vorbeigehen und mich von ihm verabschieden. Mir ist es wichtig, die Dinge auf einem guten Weg zu beenden.

Zum ersten Mal in meinem Leben habe ich das Gefühl, dass mir nichts etwas anhaben kann.

KAPITEL NEUNUNDZWANZIG

James

Ich werfe alles aus dem Rucksack auf den Boden und stopfe es wütend in den Koffer. Ich kann nicht glauben, wie schief alles heute Morgen mit Nikki gelaufen ist, und es frustriert mich, dass ich ihr immer noch nicht gesagt habe, was ich für sie fühle.

Mir wird jetzt klar, dass sie genau das wollte, und ich bin sauer, dass ich diese Möglichkeit nicht genutzt habe. Warum habe ich es ihr heute Morgen nicht gesagt?

Ich will ihr alles sagen. Ich will sie fragen, ob sie meine Freundin sein möchte, doch Tatsache ist, dass ich jedes Mal, wenn ich in ihrer Nähe bin, nicht weiß, was ich sagen soll, und ich weiß schon gar nicht, wie ich ihr meine Gefühle offenbaren soll. Ich habe eigentlich nie versucht, meine Gefühle zu verheimlichen, und ich bin mir sicher, dass sie darüber Bescheid weiß; wahrscheinlich fühlt sie einfach nicht das Gleiche für mich.

Unabhängig davon, was sie für mich fühlt, kann ich einfach nicht aufhören, an sie zu denken. Wenn ich an sie denke, kann ich mich auf nichts anderes konzentrieren. Ich habe die letzte Stunde versucht, an unseren Vater zu denken und daran, wie ich die Dinge mit ihm regeln soll, bevor ich abreise, doch ich kann mich nicht länger als ein paar Minuten auf diese Gedanken konzentrieren.

Nathan hat mich heute Nachmittag angerufen und mir gesagt, dass er und Janus bereits bei ihm waren, und ich bin etwas angepisst, dass sie ohne mich bei ihm waren. Es wäre viel einfacher gewesen, wenn wir alle zusammen gegangen wären. Ich hätte mich verabschieden können, ohne mir darüber Sorgen machen zu müssen, alleine mit ihm in einem Raum sein zu müssen.

Aber Tommy hat es geschafft, ihn zu besuchen und selbst mit ihm zu sprechen. Und so wie es sich anhört, ist es zwischen den beiden ganz gut gelaufen. Ich möchte gerne glauben, dass es bei mir auch so laufen wird, doch dann erinnere ich mich daran, wie schlecht wir uns immer verstanden haben. Viel Hoffnung habe ich da nicht.

Meine Telefon klingelt, und ich schaue gespannt nach, in der Hoffnung, dass es Nikki ist. Es ist Tanner. Ich schüttele den Kopf und mache mir nicht einmal die Mühe, seine Nachricht zu lesen. Ich weiß, dass er mir erzählen will, wie es mit Caitlyn läuft. Ich freue mich zwar für ihn, bin aber gleichzeitig auch genervt. Für jeden anderen in der Familie scheint es immer toll zu laufen, außer für mich – ich hasse das.

Ich möchte auch allen sagen können, dass ich die Liebe meines Lebens gefunden habe, doch die Liebe meines Lebens hat bereits mit einem meiner Brüder geschlafen und sich in einen anderen verliebt. Soweit ich weiß, hat sie gerade eine Verabredung mit jemandem, der nicht mit mir verwandt ist.

Als sie mir heute Morgen auf dem Flur begegnet ist, sah sie

sehr hübsch aus, und ich habe keine Ahnung, wohin sie ging oder mit wem sie sich getroffen hat. Ich finde diese ganze Situation zunehmend frustrierend, und ich habe keine Ahnung, wie ich damit umgehen soll. Ich kann es nicht erwarten, aus dieser Stadt zu verschwinden.

Ich kann jetzt verstehen, warum Tommy so verschwunden ist, wie er verschwunden ist. Und ich kann ihm auch keinen Vorwurf machen. Er ist gerne der einsame Wolf, und das sollte ich auch sein. Ich habe die freie Auswahl, wenn es ums Vögeln geht. Und ich sollte froh darüber sein, dass ich mich nicht mit den Verpflichtungen einer Beziehung herumschlagen muss.

Diese Gedanken gehen mir durch den Kopf und sorgen dafür, dass ich nur noch ungeduldiger werde. Ich will endlich in ein Flugzeug steigen und von hier verschwinden. Plötzlich höre ich ein Klopfen an der Tür, und ich verdrehe die Augen.

Ich will mich jetzt nicht mit dem Zimmermädchen auseinandersetzen, und ich schaue nach, ob ich vergessen habe, das *Bitte nicht stören* Schild an die Tür zu hängen. Im Zimmer kann ich das Schild nicht entdecken. Es klopft wieder, und ich schmeiße meine Klamotten auf den Boden.

„Ich komme, verdammt!", motze ich, während ich zur Türe gehe. Es klopft erneut, und ich frage mich, wie eilig es das Zimmermädchen hat, den Kopf abgerissen zu bekommen. Schäumend vor Wut erreiche ich die Tür. Ich reiße sie auf und will schon losbrüllen, doch als ich sehe, wer da vor der Tür steht, bleibe ich still.

„Nikki? Was machst du denn hier?", frage ich überrascht. Ich blicke den Flur entlang in der Überzeugung, dass sie in Begleitung ist. Doch sie ist allein und steht mir lächelnd gegenüber. Ich sehe ihr an, dass sie nervös ist, aber davon abgesehen, sieht sie noch genauso hübsch aus wie heute Morgen.

Eigentlich noch hübscher, denn jetzt blickt sie mich nicht so wütend an.

„Ich habe mich gefragt, ob ich für einen Moment reinkommen kann?", fragt sie und sieht mich mit großen Augen an.

„Bist du dir sicher, dass du das willst?", frage ich zurück. Ich verschränke die Arme und schaue sie mit hochgezogenen Augenbrauen an. Wenn sie hier ist, um sich zu streiten, schlage ich ihr lieber die Tür vor der Nase zu, als mir ein weiteres Wortgefecht mit ihr zu liefern.

„Ist jemand bei dir?", fragt sie stirnrunzelnd und versucht, einen Blick in mein Zimmer zu werfen.

Ich grinse sie schief an.

„Sehe ich so aus?", frage ich ausdruckslos. Ich will sie nicht leiden lassen, aber ich will auch nicht zu bereitwillig auf sie wirken. Solange ich die Oberhand über diese Situation behalte, bin ich zufrieden.

„Ich weiß nicht. Ich möchte nur eine Minute mit dir reden. Es ist wichtig." Ihr Lächeln schwächt sich etwas ab, doch als sie ihre Fassung wiedererlangt, kommt auch das Lächeln zurück. Ich merke, dass sie darum bemüht ist, ihre selbstbewusste Fassade aufrechtzuerhalten, doch ihre Augen verraten sie. Offensichtlich ist sie nervös, und ich muss zugeben, dass es mir ein wenig gefällt, zu sehen, wie sie sich windet.

Aber wie sie so dasteht, mit zitternder Unterlippe, kann ich sie nicht lange leiden lassen.

„Okay. Du kannst reinkommen", sage ich schließlich und halte ihr die Tür auf.

„Es dauert nur eine Minute", sagt sie lächelnd.

„Bitte, lass' dir Zeit", antworte ich sarkastisch. Dann schließe ich die Tür und schaue sie erwartungsvoll an.

Ich stelle mich darauf ein, dass sie mich anschreit, doch dann überrascht sie mich.

KAPITEL DREISSIG

Nikki

„Pass auf, James. Ich kann verstehen, dass du mich hasst, aber ich muss das jetzt loswerden. Mein Verhalten tut mir wirklich leid. Ich hätte ehrlich zu dir sein sollen." Ich schaue ihn an und versuche, die Tränen zu unterdrücken, die mir bei dem Gedanken kommen, dass er mir vielleicht nicht verzeiht. Er schaut mich schweigend und mit verschränkten Armen an.

„Ich muss es wissen. Liebst du Tommy?", fragt er.

Verneinend schüttele ich den Kopf. Ich sehe ihm an, dass ihn das wirklich beschäftigt. Er will die Wahrheit wissen, und er wird nicht zufrieden sein, bevor er sicher ist, dass ich ihm genau sage, was ich fühle.

Sein Blick durchbohrt mich, und ich bin fast sicher, dass er bis in mein Innerstes blicken kann. Ich weiß, dass ich keine Wahl habe. Ich muss ihm die ganze Wahrheit sagen, und zum ersten Mal habe ich keine Angst davor. Ich will, dass er weiß, was passiert ist, und ich will, dass er weiß, was ich jetzt fühle.

Ich will nicht, dass es Geheimnisse zwischen uns gibt. Ich will, dass er alles weiß, was es über mich zu wissen gibt. Das erste Mal seit langer Zeit bin ich bereit, mich völlig zu öffnen. Ich bin bereit, ihm die Wahrheit zu sagen, und ich hoffe das Beste.

Das wird nicht einfach, doch in bin bereit, es zu versuchen. Wenn es funktioniert, war es das wert.

„Wir haben miteinander geschlafen – bevor du und ich überhaupt miteinander ausgegangen sind – aber ich habe dir gesagt, dass wir über unsere Gefühle gesprochen haben, und wir sind fertig miteinander. Es war nichts Ernstes. Ich liebe ihn nicht mehr als einen guten Freund, James. Mehr nicht." Kopfschüttelnd gehe ich einen Schritt auf ihn zu.

„Es tut mir so leid, wie ich dich behandelt habe. Ich weiß, dass ich deine Freundschaft nicht verdiene, aber ich hoffe, du gibst mir noch eine Chance. Ich möchte dich nicht verlieren. Das will ich wirklich nicht. Du ... bedeutest mir viel." Ich lege ihm meine Hände auf die Schultern, doch bevor ich weiterreden kann, beugt er sich vor und presst seine Lippen auf meine.

Ich bin überrascht, weiche aber nicht zurück. Ich schlinge meine Arme um seinen Hals und ziehe ihn näher zu mir heran. Die Leidenschaft wächst, unsere Zungen tanzen einen erotischen Tanz, und ich drücke ihn so fest an mich, wie ich kann.

Ich hatte so viel vorbereitet, was ich ihm alles sagen wollte, doch manchmal sind Worte eben nicht die wirkungsvollste Art der Kommunikation. Worte können warten.

Er beginnt, mich auszuziehen, und ich folge seinem Beispiel. Er wirft mich aufs Bett und innerhalb von Sekunden, liegt er auf mir. Seine Zunge erforscht jeden Teil meines Körpers. Ich stöhne und winde mich auf dem Bett hin und her, um ihm noch besseren Zugang zu meinem Körper zu gewähren.

Mit einem Mal liegt er komplett auf mir, und sein harter Schwanz drückt gegen meine feuchte Muschi. Wir atmen beide schwer, unsere Gesichter sind nur Zentimeter voneinander entfernt, und wir blicken uns tief in die Augen.

Wortlos dringt er tief in mich ein. Das Gefühl ist so intensiv, dass ich nach Luft schnappe. Ich hebe meine Hüften an, um ihn noch tiefer in mich aufzunehmen.

Er bewegt sich in mir vor und zurück – schneller und schneller –, und ich vergrabe meine Fingernägel in seinem Rücken.

Unsere Lippen und Zungen treffen sich. Stöhnend stößt er zu – tiefer und fester –, und ich kann mich nicht mehr lange zurückhalten. Als ich meinen Höhepunkt erreiche, hebe ich die Hüften an und lasse mich auf den Wellen der Erregung treiben.

Fast gleichzeitig zuckt er zusammen, und ich spüre, wie sein Schwanz in mir pulsiert. Er lehnt sich nach vorn und stöhnt mir süße Worte ins Ohr, während seine Hüften gegen mich zucken.

Nachdem das Gefühl verflogen ist, liegen wir uns bewegungslos in den Armen, und ich spüre, wie er in mir erschlafft.

Viel zu früh rollt er von mir herunter und lässt sich neben mich auf die Matratze fallen. Ich habe aber nicht die Absicht, in absehbarer Zeit zu verschwinden. Ich robbe an ihn heran und lege meinen Kopf auf seine Brust. Ich genieße das Gefühl seiner Finger, die durch mein Haar gleiten. Ich habe mich in meinem Leben noch nie so erfüllt gefühlt – sowohl physisch als auch emotional – und für einen kurzen Moment frage ich mich, wie es wohl wäre, mit jemandem eine ernsthafte Bindung einzugehen.

Ich frage mich, wie es wäre, diese Art von Sex regelmäßig zu haben. Gut, in der Öffentlichkeit müsste ich ihn mit dem Rest der Welt teilen, doch an Orten wie diesem gäbe es nur uns beide.

Wir schweigen einige Augenblicke, aber ich halte es nicht länger aus. Ich muss wissen, was er denkt. Ich muss ihm sagen, was ich fühle. Doch plötzlich weiß ich nicht, was ich sagen soll. Ich weiß nicht, wie ich mich noch entschuldigen kann, und ich weiß nicht, wie ich meine Gefühle ausdrücken soll - sogar als Therapeutin.

Ich bin frustriert, ich will ihm so viele Dinge sagen und finde nicht die richtigen Worte dafür. Ich schließe meine Augen und atme tief durch. Zum ersten Mal in meinem Leben konzentriere ich mich nicht darauf, unbedingt das Richtige sagen zu wollen, sondern nur das, was ich denke.

Und alles, woran ich gerade denken kann, ist der Sex, den wir gerade hatten.

„Du warst wie immer fantastisch", sage ich seufzend und küsse ihn sanft auf den Bauch. Wir liegen im Bett – komplett nackt – und ich schaue ihm in die Augen. Mit meiner Hand fahre ich über seine Brust. James schaut mich an und lässt seine Hand über meinen Rücken gleiten.

„Weißt du, das könnten wir regelmäßig machen. Ich meine, immer dann, wenn mein Terminkalender es zulässt", sagt er lachend.

Ich schaue ihn verwundert an.

„Wie soll das denn gehen, so oft wie du immer unterwegs bist? Ich habe meine Arbeit hier", erinnere ich ihn.

Er zuckt mit den Schultern. „Wir können eine Lösung finden. Alles, was ich weiß, ist, dass ich dich liebe, Nikki. Und ich will dich nie wieder gehen lassen. Du bist mit Abstand das Beste, das mir je passiert ist, und ich will mit dir zusammen sein, solange wir leben. Wenn Tanner es mit Caitlyn und Arya hinkriegt, dann kriegen du und ich das wohl auch hin." Er schaut mir in die Augen, und mir schlägt das Herz bis zum Hals.

Er hat zuvor nie von Liebe gesprochen und als ich die Worte höre, weiß ich, dass ich das Gleiche fühle. Ich weiß nicht, wann es passiert ist, und ich weiß auch nicht, wie es passiert ist, aber ich weiß, dass ich ihn liebe.

„Ich liebe dich auch, James. Dich und nur dich. Ich glaube auch, dass wir das schaffen. Wir finden einen Weg." Er strahlt über das ganze Gesicht und schaut mir noch tiefer in die Augen.

„Meinst du das ernst?", fragt er, und ich nicke.

Ich liebe dich. Von jetzt an gibt es nur noch dich und mich", sage ich grinsend. Er drückt meine Hand, lehnt sich vor und küsst mich noch einmal. Ich lege mein Kopf auf seine Brust und seufze zufrieden.

Ich habe die wahre Liebe noch nie erlebt, und jetzt, da ich sie kennenlernen durfte, werde ich sie nie wieder loslassen.

Es hat vielleicht eine Zeitlang gedauert, bis mein Verstand mit meinem Herzen gleichgezogen hat, aber ich weiß, dass James der Eine ist, auf den ich gewartet habe. Ich liebe ihn mehr als alles andere, und ich weiß, dass es funktionieren wird.

Das ist er und das bin ich.

Von jetzt an sind es wir.

ENDE.

MELDE DICH AN, UM KOSTENLOSE BÜCHER ZU ERHALTEN

Möchtest Du gern Eifersucht und andere Liebesromane kostenlos lesen?

Tragen Sie sich für den Jessica Fox Newsletter ein und erhalten Sie ein KOSTENLOSES Buch exklusiv für Abonnenten indem Du diesen Link in deinem Browser eingibst:

https://www.steamyromance.info/kostenlose-b%C3%BCcher-und-h%C3%B6rb%C3%BCcher/

Eifersucht: Ein Milliardär Bad Boy Liebesroman

Neue Liebe entsteht, aber auch eine Eifersucht, die sie zu zerstören droht.

Ich habe meine winzige Heimatstadt und ihre Einschränkungen hinter mir gelassen. Dann erschien ein bekanntes Gesicht in der Bar, in der ich arbeite, und brachte mich wieder dorthin zurück, wo ich angefangen hatte …

https://www.steamyromance.info/kostenlose-b%C3%BCcher-und-h%C3%B6rb%C3%BCcher/

Du erhältst ebenso KOSTENLOSE Romanzen-Hörbücher, wenn Du Dich anmeldest

©Copyright 2020 von Jessica Fox – Alle Rechte Vorbehalten
Es ist in keinster Weise erlaubt, irgendeinen Teil dieses Dokumentes zu reproduzieren, zu duplizieren oder zu übermitteln, weder in elektronischem noch gedrucktem Format. Aufnahmen dieser Publikation sind streng verboten und jegliche Speicherung und Aufbewahrung dieses Dokumentes sind nicht gestattet, es sei denn es liegt die schriftliche Erlaubnis des Herausgebers vor. Alle Rechte sind vorbehalten.
Die jeweiligen Autoren haben alle Urheberrechte inne, über die der Herausgeber nicht verfügt.

❀ Erstellt mit Vellum

www.ingramcontent.com/pod-product-compliance
Lightning Source LLC
LaVergne TN
LVHW021717060526
838200LV00050B/2722